U0132948

人文地理

凝固历史

温普林　李旭　张琴 等　撰文／摄影

一石文化　主编

广西师范大学出版社

翻看过本书的文字和图片，你可能会产生疑问——这是我们熟悉的中国吗？西藏著名画家的传奇与成就、世界上最大的木版印刷中心德格印经院、中国最早的民间西洋风格建筑群落、至今仍在运转的自贡盐井……

但是，本书的目的绝不是猎奇和把这些题材“异国情调”化，这些经过慎重选择的文化“孤本”，眼下仍然以其原有的方式顽强地生存着。在一个日益物质化、浮面化的躁动着的中国，本书所提示的生存方式，仿佛是历史的凝固，它提供给我们一种以更为复合的眼光看待现实的方式，以更为沉潜的心境面对现实的态度。

目录

西藏画卷

——安多强巴的故事

撰文、摄影／温普林

这位老人是如此地不凡，他几乎见证了百年西藏所有重要的历史时刻，而且用他一生的创作编织了一幅西藏历史的长卷。这幅画卷到底有多长？简单地概括一下，100年来西藏几乎所有重要的历史人物都进入了他的画面，以此上溯到1000多年，吐蕃王朝以来西藏历史上的重要人物和事件差不多也都被他精心描绘，甚至再往前数，释迦牟尼诞生以来的整个的佛教世界也尽在他的视野之中。

我们家佛堂的正中高悬着一幅金碧辉煌的唐卡，端坐于莲花宝座之上的是四臂观音。菩萨低眉垂目，环绕着真金勾勒的背光，四周遍布奇花异木、珍禽异兽、雪山草地、祥云流瀑。这尊菩萨面容和身躯是以写实的手法描绘的，同时又与背景中传统的平面装饰风格有机地融为一体。画面的左下方盖着一枚藏汉两种文字的朱印“安多强巴”。其实明眼人不必看印章便知，只有安多强巴才有这样的风格。

2000年的初夏，80多岁的藏族绘画大师安多强巴来到北京，专门来治眼睛，拉萨的初步诊断为老年性白内障。进藏工作多年的吴雨初、于梅夫妇安排他到同仁医院就诊。漫长的检查会诊终告结束，久已等待的手术也顺利完成，终于又熬到可以打开纱布的时刻。手术的成功给老人带来了极大的欢乐，这欢乐感染了身边的每一个人。

没事的时候，我都陪着老人聊天晒太阳，听他讲过去的故事。那些从遥远的喇嘛王国飘来的画面，让我感受到强烈的震撼，我越来越明确地意识到，我

唐卡

唐卡是藏族的一种卷轴佛像，专指用矿物颜料绘制在特制的画布之上的佛像及其他宗教题材的绘画。一幅完整的唐卡，在绘画的四周用绸缎装裱，上下有轴，便于携带，易于悬挂。唐卡绘制完成之后，作为宗教圣物还经过开光加持，以使画中的神佛将恩泽和智慧灌注到唐卡之中，使得唐卡本身可以持续地向外施发恩泽，从而使祈祷者和信徒获得保佑。千百年来，唐卡对于以游牧生活为主的藏传佛教信徒，具有极为重要的意义，因为只要身背一幅卷轴，佛陀就常伴左右了。特别在西藏的寺院中，除去壁画和雕塑，唐卡也是重要的膜拜对象，各大寺院每年举行的展佛仪式（俗称晒佛），就是向世人展示寺中珍藏的巨幅唐卡。面对一幅开过光的唐卡，信徒心中涌起的是如见真佛的感情。

面前的这位老人是如此地不凡，他几乎见证了20世纪西藏所有重要的历史时刻，而且用他一生的创作编织了一幅西藏历史的长卷。这幅画卷到底有多长？100年来西藏几乎所有重要的历史人物都进入了他的画面；以此上溯到1000多年，吐蕃王朝以来西藏历史上的重要人物和事件也差不多都被他精心描绘；再往前，释迦牟尼诞生以来的整个的佛教世界也尽在他的视野之中。

后来，我们一同拟定了一个计划，准备在西藏的山川寺院和茫茫人海中去搜寻他多年的画作。我们一座寺院一座寺院地寻访，一家一家地打听，两个多月的旅程里，我们追溯着老人一生的经历。

真实的幻象

我们寻访的第一站是哲蚌寺，是安多强巴从青海来到拉萨时的第一个落脚地。60年前，28岁的安多强巴从家乡安多的寺院来到拉萨求法，投在哲蚌寺的果麻[①]扎仓门下。扎仓是寺院下属的僧团组织，一般以地区作为单位，来自康巴的喇嘛有康巴的扎仓，来自安多的喇嘛就集中于果麻扎仓，进入这个扎仓的喇嘛习惯上将自己的名字前面加上“安多”两个字，用以标识自己来自于安多地区。扎仓下面更小一级的单位叫康村，安多强巴引以为自豪的是他与安多希若同属一个康村——鲁本康村。这个康村还出现过另一位名冠天下的高僧更敦群培。我问安多强巴为什么更敦群培的名字前面不加“安多”二字，安多强巴说，天下人尽知的更敦群培，前无古人，后无来者，人们已不需要再给他加上“安多”二字了。

① 安多强巴说，“果”是头的意思，“麻”是秃的意思，“果麻”从字面上讲是秃头，但作为扎仓的名字是出于另一层引申意义：全无遮拦。相传历史上这个扎仓曾出现过一些功夫高强的喇嘛，他们可以随意穿墙而过，从来不从大门出入，所以别的扎仓的喇嘛称他们为“果麻”。安多强巴说他来到寺院的时候，这样的喇嘛已经没有了，据说只有从这个扎仓出去的安多希若有此法力。

1954年，年届80的安多希若参加全国政协会议，安多强巴当时随达赖喇嘛和班禅大师进京，曾和这位老前辈共议国事、佛事、天下事。如今有人甚至把安多强巴和安多希若与更敦群培一道，称之为果麻扎仓的安多三杰。安多希若苦修精进，广传佛法，赢得僧俗群众的敬爱；更敦群培辩才超群，著书立说，终成一代奇僧；安多强巴则因落笔有神，风流盖世，而誉满天下。

安多强巴故地重游，令哲蚌寺的堪布主任洛桑旺玖喇嘛非常高兴。二人顶额致意，相携着进入一间间大殿朝拜，尔后洛桑旺玖喇嘛导引我们前往果麻扎仓拜望与安多强巴同时入藏的老喇嘛安多克珠。60年来，这位喇嘛很少下山，几乎从未离开过寺院，是全寺僧众无比尊崇的高僧大德。

安多克珠修行的小院里，茂盛的桃树结满了果实，让人有误入仙境的幻觉。待弟子通报之后，深居简出的老喇嘛从小二楼上探出身来，但见鹤发童颜，额头闪亮，犹如老寿星一般。两位老兄相见又是一番动情，虽则同在拉萨，回想上次相聚竟不知是何年月了。几位年轻时的同伴善意地开着玩笑：当年你请假下山，说好的是三天就返回，怎么这一走就是60年？

60年了，昔日的几位年轻僧人再度聚首，安多克珠已经成为全寺上下众人尊奉的上师，以其超凡的毅力和对佛法几十年如一日的虔诚成为雪域出家人的典范；翁则阿旺多玖的领经之声也早已成为西藏佛教庆典的重要标识，每年雪顿节时的哲蚌展佛，在成千的红衣喇嘛的吟诵声中，永远听得到阿旺多玖的领诵，他一个人的声音即可以传彻山谷，直达苍穹；安多强巴则早已是享誉藏区的大画师。

安多克珠突然提起他手中珍藏着一幅安多强巴早年的作品。不一会儿，二位弟子小心地捧出一个卷轴，慢慢地展开，悬挂于白色的石头墙上。安多强巴肃然起立，摘去头上的礼帽，以额头上迎，在自己手绘的唐卡下端深深地顶礼膜拜。

画中是一位银发高僧，一看便知是真人的肖像。高僧盘坐于草地上，目光深

▲ 安多强巴再度看到这幅由高僧安多克珠珍藏的自己的画作,画中人是九世和十世两代班禅的上师拉古·多杰强。

邃，面容悲悯，身侧经卷数册，供果一钵。这就是九世和十世两代班禅的上师，安多地区拉卜楞寺的大喇嘛拉古 · 多杰强（晋美 · 赤列嘉措）。这幅唐卡珍藏完好，显然很少展开，也未经过香火的供奉和熏蒸，因而矿物颜料的色泽依然鲜亮。

安多强巴早已忘了这幅唐卡。这幅画明显是一幅新派的唐卡，讲求明暗、立体和透视，甚至连传统的背光和法座都没有，应当是50年代初他去北京前后所画。如果说这是一幅受到内地写实绘画影响的作品想必无大问题。但是按安多强巴本人的说法，这种模拟照片的风格在之前20年他就开始实验了，那时他还是家乡安多寺院的扎巴。

回到拉萨后，安多强巴从箱底翻出一小幅素描稿，是用细细的铅笔和淡墨画成，画面早已浑黄一片。画中的人物正是拉古 · 多杰强，看上去是根据真实的照片绘制而成，同时又略有夸张和取舍，晕染的手法像是水彩画，衣纹的勾勒又很见传统中国画的功夫。安多克珠手中的那幅唐卡看来就是依据这幅小稿完成的。

这幅素描稿是安多强巴1974年重返家乡，路过拉卜楞寺无意中发现并带回的，据收藏者说，是他二十六七岁时为寺中的一位高僧所画。如果此说可信，当时安多强巴尚未去拉萨，更无从受到内地的任何影响，更别说基本的美术训练了，就连听都不可能听到有那样的画法。这幅小稿标志着青年安多强巴不可思议的天才，他完全自学，除了到过一次当时还像个破烂小镇的西宁，他对外部世界一无所知。可是我们面前的这幅小画，要不是画面浑黄，完全像是80年代美术学院乡土画派的高手所为，没有一点儿少数民族的、地域的或者民间的痕迹。说老实话，凭美术学院科班出身的眼力来判断，我几乎不能说服自己。也许是他人的记忆有误，安多强巴确实是在北京受到美院影响之后所画，只不过素描稿又被带回拉卜楞寺。即便如此，对于仅仅在京学习过不到三个月的安多强巴来说，也是匪夷所思的。

安多强巴的肖像唐卡一般都是依据照片而画的，最绝的是他将肖像的立体感与平面化的华丽的装饰风格相互融合，画得天衣无缝。头是写实的，而手和背景又是装饰性的壁画风格。这种立体与平面完美结合的绘画风格在藏区来说，安多强巴绝对是独步古今的。

23岁的时候，安多强巴到甘南拉卜楞扎西奇寺学习，有一次从一位僧人的

◀ 安多强巴从箱底翻出的拉古·多杰强的素描稿

◀ 20世纪50年代的安多强巴与他的第二任妻子和儿子。
● 20世纪50年代的安多强巴。
▶ "文革"时躲在小院中作画的安多强巴。

◀ 安多强巴与第三任妻子及他们的儿女。
● 安多强巴办的美术学校。
▶ 8岁的小儿子罗丹常常成为安多强巴的模特儿。

藏柜上看到一张九世班禅土登·曲吉尼玛的半身照片。这张有着黑白色调、明暗关系、凸现出立体的真实感的照片，极大地刺激了对当时习惯于平面化的传统视觉图式的年轻画家。正是这张照片启发了他的心智，他开始执著于幻象，执著于佛经中所言的不究竟。于是他悟到了真，他要通过幻象去触及真相。于是他对着照片画出了西藏绘画史上第一张讲求明暗关系的肖像。

这些肖像经由矿物颜料绘制于传统工艺的藏式画布之上后，呈现在世人面前的是一种具有壁画般凝重的风格。简单看上去这一类肖像唐卡的构图都非常相近，但每个人的法相和手印都是毫不含糊的，用佛家的话说就是要“入法”，以至于当我们面对这些极为逼真的肖像时，我们所能读出的信息要远远超出这些人的真实照片所能传达出来的东西。以达扎活佛的肖像唐卡为例，这位近代史上闻名的亲英派摄政王，曾将自己的学生，亲内地的热振活佛囚于狱中，并下毒致死。热振是在三年闭关苦修时将权力交托其师代管的，达扎也曾答应一旦热振出狱，即将权力交还。安多强巴的那幅肖像给了这段历史以直观的注释。

安多强巴对于西藏这些真实的历史人物的刻画称得上入骨三分，他与画中人大都有过或长或短的交往，至少曾共处一个时代，这些人物无论在他的心中还是笔下的分量都相当接近历史的真实。他们通过他的画笔进入了历史，一部超越政治和宗教的形象史。

重返红尘

安多强巴1914年出生于青海尖扎县，7岁在家乡的艾隆寺出家，开始自学绘画。23岁到拉卜楞寺学习，28岁来到拉萨哲蚌寺。1944年他30岁的时候，与曲桑寺管家阿尼色琼·强巴旺姆的女仆相恋而还俗。

2000年9月，由一位阿尼带路，我们陪安多强巴来到曲桑寺，寻找他从前的作品。20世纪40年代的时候他还在哲蚌寺当喇嘛，那时他画画的名声已经很

◀ 更敦群培与印度喇嘛。这位西藏近代史上的奇僧是安多强巴的良师益友。

大了。有一次，拉萨的大富商桑都仓家族请他到曲桑寺画唐卡和壁画。这位富商是这座尼姑寺的大施主，因此在寺院的下面专门买下了一处园林，修建了一所大宅院。院中的建筑非常时髦，有很大的客厅和玻璃房子。几株桃树已开始结果，鲜美的桃子在那时的西藏高原是何等地珍贵，其中一棵最甜，专门用来供奉色拉寺和曲桑寺大佛殿中的菩萨。

安多强巴手在画画，心里却在垂涎着鲜桃，比鲜桃更诱人的是曲桑寺的管

▲ 安多强巴受更敦群培历史著作启发而作的《吐蕃三英主》（松赞干布、赤松德赞、赤热巴巾）

事阿尼色琼·强巴旺姆。她是拉萨一户世袭贵族的千金，曲桑寺中有名的美人儿，桑都仓的少爷司曲拉在一次家族布施的法会上与阿尼色琼一见钟情。色琼也是个任性的大小姐，两人相爱后毫不顾忌，整日在桃林中厮守。安多强巴到寺里时，阿尼色琼已经开始蓄发待嫁了。年轻阔少与美丽阿尼的恋情对安多强巴的刺激可想而知。安多强巴说，比阿尼色琼更漂亮的是陪她一起在寺中的贴身女仆，名叫曲布萨布普姆，意思是新曲布家的女孩儿。从眉来眼去到打情骂俏，他们两人之间的故事也发生了。阔少和色琼自然理解他们，就是大富翁也看出安多强巴终非是久居佛门之人，于是同意了他们的婚事，但安多强巴必须先下山还俗，等一年半载再来迎娶。

安多强巴还俗了。40年代的拉萨充满了喇嘛王国的末世景象，八廓街的贵族、喇嘛纵情声色。突然没有了宗教羁绊的安多强巴一下子就被世俗的欢娱给缠住了，但他心中还思念着曲桑贡巴。后来一代疯僧更敦群培与安多强巴终日为伴，他点化老弟：如此快活人生，岂可因一叶障目而不见森林。强巴似有所思，渐渐地曲桑寺的可人儿离他远去。

转眼60年过去了，我们得知，引路的阿尼就是当年阔少情人的女儿。她的妈妈，那位曲桑贡巴的大美人仍然健在，我们在八廓街的家中见到过她！老人家一身袈裟，看上去气度不凡，令人惊诧的是，年迈的阿尼淡扫娥眉，点染朱唇。1959年，阔少司曲拉被送进监狱，阿尼色琼生下一个女儿。女儿长大后被送到印度出家，现在返回母亲身边。色琼在丈夫去世后，开始诵经修法。80年代落实贵族政策，那座美丽的园林重归色琼名下。从此园林封锁，只在每年秋收季节，色琼上山摘桃，供奉在曲桑寺和色拉寺的大殿之中。

又是桃熟季节，老画师故地重游，昔日的豪宅依稀看得到残垣断壁，美人儿早已无影无踪。桃园里满地落果，当年的小树已长成了树精，老人坐在树阴下，背靠树干，随手拾起一枚落果，放入口中慢慢品味："嗯，还是甜得很。"他面若桃花，两眼放光，语调却非常平静。

▲ 安多强巴绘制的著名宗教人物的肖像，由左至右为朗仁活佛、十三世达赖喇嘛时期的摄政王达扎活佛、堪布活佛、十三世达赖喇嘛。

从1944年流落八廓街头到1954年被请入达赖喇嘛宫中，从30岁到40岁，安多强巴度过了一生最为自由快乐的时光。其间，他结识了更敦群培，后者成为他的良师益友，对他人生追求和艺术观念有着难以估量的影响。1946年更敦群培自印度回国，后入狱三载，直至1951年去世之间，安多强巴一直与他保持密切的接触。更敦群培（1903－1951）是西藏近代史上的一位奇僧，一生著述极多，涉及历史、佛学以及艺术、逻辑、语言、地理。他写的《白史》被认为是西藏历史著作中第一部没有神话色彩、具有科学意义的编年史。他还写过令世

俗大为惊惑的《欲经》，同时还是一位非常天才的画家。作为智者，他淡泊名利，本来他已获得拉让巴格西——西藏喇嘛最高学位中的状元——的资格，却跟随印度法师去境外考察和游历，归国后被西藏当局认为与共产党事件有染，身陷囹圄，最后酗酒疯癫而英年早逝。他对喇嘛王国的虚伪本质看得很透，因而言行狂肆，不拘礼法。自由的时候，他整日与安多强巴等密友在八廓街闲荡。安多强巴说："更敦群培只谈女人，不言佛法。"但是更敦群培的思想显然给予安多强巴极大的影响，甚至具体到绘画的样式色彩和人物造型。

当时的喇嘛王国一片末世景象，奴隶主贵族大喇嘛们的生活腐化奢华、附庸风雅。许多人家的贵妇和小姐、少爷都争相邀请安多强巴去画肖像，也有的贵族请他把家人歌舞宴乐的场面画在梁柱之上，更有新潮的要他把内地和日本流入的春宫图画于密室，平日拉上幔帐，行乐之时徐徐展开。

可惜的是这个享乐时期的一大批世俗之作没有留下一点踪影，全部随着时代的更迭被作为污泥浊水荡涤了。我们曾陪老人家寻访昔日的一家大贵族，房舍犹在只是朱颜尽褪，“文革”时期改作幼儿园便将雕梁画栋全部漆成了白色。

现在我们只能依稀从一幅站立的白度母像中，间接地领略他当年的画风。这幅美人度母的构图极为大胆，对于宗教题材的绘画而言，说它惊世骇俗也不为过。度母身材纤弱，红粉酥胸毕现，左臂上弯，莲花指拈着一朵灵芝，右臂下垂，直指欲害人性命的毒蛇。度母几近裸露的上身披挂着金光闪闪的宝珠和璎珞，下身是五段儿纱裙，薄如蝉翼，玉腿见于其中，脚下祥云片片，身边金花朵朵。在度母裙下画了一堆顶礼的小人儿，仔细看去，是一对夫妇带着一群孩子。安多强巴告诉我，这是此画的供养人，也就是他们一家人。这位度母面庞清秀，五官甜美，完全是一位现代摩登女性的模样。

此画表现的是度母显灵降蛇伏妖的故事。在安多强巴的笔下，这幅宗教题材的圣母简直可与波提切利的《春》媲美，甚至还有点儿拉斐尔前派的味道，令人怀疑其时流行于西藏的英国文化是否对他有过什么影响。老人告诉我，50年代他去内地时，看到一家玻璃画店中艳俗的美女图让他心旌摇动，终于在数年之后，化为他笔下的一尊度母。

度量历史

50年代初，安多强巴的名气在拉萨已是如日中天，特别是藏军司令拉鲁·次旺多吉请他绘制了唐卡肖像之后，他的影响就更大了。

▲ 安多强巴的画:站立的卓嘎。

1954年，西藏工委开始筹划达赖和班禅进京参加第一届全国人大会议的事情，有人提议用唐卡的样式为毛泽东画像，作为达赖喇嘛给毛泽东的献礼。经由安多老乡、政府办公室的平措扎西推荐，平措旺阶找到了安多强巴。平措旺阶是巴塘人，年少之时就组建了西藏共产党，并与列宁有过书信往来。在签订十七条协议、和平解放西藏的历史事件中起到了至关重要的作用，曾受到毛泽东的高度赞扬。1959年他被投入秦城监狱，一关就是18年，受他的案子牵连的有数百人之多。在监狱中他运用辩证法原理和藏族传统文化中独特的演算方式，竟然推算出月球上有水。

藏族文化中特有的修行方式使很多身陷狱中的人达到了心游万物的境界，更敦群培如此，平措旺阶也是一样，安多强巴对这一类意志超凡的人充满了敬意。

达赖、班禅各自的堪布厅都在悄悄地准备进献宝贝，由于这一因缘，安多强巴得以进入达赖喇嘛的宫廷，单是打造那幅唐卡的画框，就用掉了80两黄金。后来，他作为随行人员，于1954年8月来到北京。

在北京期间，安多强巴参观了中央美术学院，当目睹到运用人体模特儿进行写生时，他被深深地打动了，一则因为人体的完美，二则是写实的造型语言。

安多强巴要求留在美院学习。他说，两个多月的时间一晃就过去了，而且有许多时间花在了谈情说爱上面，其中一个是日本留学生，一个是模特儿，还有一个是学校的清洁女工，因为整天戴着一个大口罩把他迷得不行。他10月开始到美院学习，当时的老师是李宗津，同班同学有李化及、任之愈、杨洪泰等人。第二年（1955年）2月份他即返回拉萨。他告诉我，不走不行了，有个大官的女儿逼着他结婚。虽然中央美院的素描教学体系和油画技法令他赞叹，但是在心底他也觉得“并没有获得比自己过去20多年里所画的作品和染色方法更多的收获”。换句话说，无非验证了自己无师自通的手法而已。

这位天才画家仅靠着对一幅照片所显示出的黑白关系的理解就解决了素描和立体感的问题，加之西藏传统绘画的色调影响，以及他对生活的独特领悟

▲ 达赖进京送给毛泽东的礼物就是这幅安多强巴的画。

力，他在色彩的表现上创立了一种全新的风格，用他自己的话说：“我所画的作品，既不是西方绘画的方法，也不是东方绘画方式，我的作品和配色方法是从自己的实践中取得的，所以我的老师也就是我本人。”

安多强巴此处所指的老师是专就写实画法而言。面对西藏博大精深的艺术传统，安多强巴从来都是深怀敬意的。不说寺院殿堂中的千年壁画和雕塑，单是大自然中无处不在的连天接地的艺术——风马旗、玛尼石刻和擦擦佛像，就从安多强巴的幼年开始每日每时对他产生着影响。生长于这片自然和艺术如此完美相融的大地上，他的真正老师就是深受西藏的历史、宗教和自然所启发的具有灵性的心智。

对于许许多多的西藏画师来说，面对如此深厚的文化传统和艺术宝藏，他们从来都是循规蹈矩地沿着传统造像度量的。而这位喇嘛出身的画家却漠视一切陈规旧习，从这个意义上讲，他是西藏历史上第一位具有自觉的个人意识的现代意义上的艺术家。

西藏历史上，自从五世达赖喇嘛时期的摄政第司·桑吉嘉措组织画工彩绘布达拉宫之后，就有了画师自己的行会组织，藏语叫“拉日巴直住”，“拉日巴”是“神佛的绘制者”之意。画师行会也是西藏地方政府管理艺人、安排支差的一种组织，根据技艺高低分出等级，其中优秀者被选拔为“乌钦”，也就是高级画师。

二三百年间，拉萨以画画为生的画师们无不以加入画师行会为荣，嘎厦政府也不断摊派任务给画师，布达拉宫、罗布林卡及三大寺中的宗教壁画大多均出自历代画师行会的画师之手。这个画师行会在50年代曾达到100多人，1959年解散，80年代后重新恢复，相当于拉萨传统绘画的民间美协。但是具有自由意志的安多强巴对此却不以为然，他觉得没有什么意义，直到今日，安多强巴也没有加入这个画会。

1955年从内地返回西藏之后，安多强巴正式成为宫廷画师，他为布达拉宫措勤大殿画了两代达赖喇嘛的唐卡。1956年，在夏宫罗布林卡，他又画了两幅传世名作，一幅为《释迦说法》；另一幅是画满了扎旦明久大殿整整一面墙壁的十四世达赖喇嘛坐床庆典。这幅巨幅壁画中的人物有几十个，如嘎厦政府的噶伦、高僧大德、民国代表、天上众神、前世祖师等等，此画叫做《权衡三界》，藏语“堪松塞能”，指权倾天地人三界。

一个画家一生只要画出这两幅壁画之中的任何一幅就足以在西藏绘画的艺术殿堂中占有一席之地，何况这两幅传世之作均出自他一人之手。

《释迦说法》画于十四世达赖喇嘛日常习经的小经堂中。画的中心位置是一棵巨大的菩提树，树下端坐着释迦牟尼，佛主结跏趺坐，对身边的第一批信徒五位觉者说法。画中的景色是恒河流域的热带风光。安多强巴采用的是西洋的透视画法，因而表现出开阔的空间和准确的明暗透视关系，前景有顶礼的信众，两旁是苦修的僧人，远处也可以见到林中的修行者以及空中的护法，远方是绵延的山峦。壁画色彩光泽柔润，使观者感受到一种古典的伟大风格，令人联想到欧洲文艺复兴时期的经典壁画。

安多强巴站在这幅壁画前，燃起一炷香，对我说：“快50年的事情了，就像发生在昨天。我最初画的释迦牟尼是坐在一个莲花宝座上。达赖喇嘛经常来看，常常和我讨论。他对那个华丽漂亮的莲花宝座产生疑问，他认为佛主当时不过是一个普通的修行者，刚刚于菩提树下证悟了大道，怎么会在森林之中浮起莲花宝座呢？我也一直觉得这个宝座与我整幅画的写实风格不协调，但佛主坐莲花宝座一直是西藏绘画的传统样式，所以开始也没有多想。我就考虑了，对于一个苦修的觉悟者来说，他的弟子们能够为他铺设的最多只能是一个草垫子，于是我便把那个华丽的莲花宝座改成现在你们所看到的这个草垫子。”这幅作品在西藏近千年的绘画历史上是前无古人的，他超越了民族性和地域性的限制，甚至也超越了宗教说教的范畴。由于安多强巴此后再没有获得进行同样题材的创作机遇，这幅具有平民色彩的、极富亲和力的《释迦说法》自然就成为这位伟大画师一生之中的第一号代表作。

▲《释迦说法》,1956年作于夏宫罗布林卡。这是安多强巴前无古人的代表作。

安多强巴因这两幅壁画而名声大振，民间误传他受到西藏政府授予“勒俊巴”的称号，也就是官五品的宫廷首席画师，这让他在后来的政治运动中吃了不少的苦头。

这种融藏式传统绘画的辉煌与西式写实风格为一体的独特画法就此诞生。此时的安多强巴颇有点文艺复兴时期的达·芬奇或米开朗基罗为美第奇家族绘制宗教画时的样子，题材都是限定死了的，都有传统可循，但是到了真正具有人文主义精神的艺术家手中，则表现出前所未有的新意。从这一点来说，安多强巴在西藏的绘画史上也是前无古人的。他超越了单纯的宗教偶像的制作，表达出艺术家个人对于历史和信仰的理解，这在以往的西藏绘画史上是不可想像的。

“文革”到来了，由于他有口皆碑的手艺在那个时代极为需要，所以整天“戴罪立功”到处画巨幅毛泽东像，没有受到太多的折磨。回忆起那段生活，他说当时许多大贵族都给他当过小工，搭架子，递颜料，在一旁小心地侍候着他，他成为新时代的拉日巴——领袖像的制造者。

度母与美人

我们在哲蚌寺一座佛殿的二楼上，打开封闭得严严实实的窗户，以便可以平视大殿正中高高悬挂的一幅大唐卡，画中的菩萨是白度母，藏语叫“卓嘎”。这尊白度母结跏趺坐于莲花宝座上，面部丰腴，表情平静，身段极为丰满，整体风格雍容华贵。此幅唐卡画于1972年。

度母题材在安多强巴一生的画作中占有极其重要的位置，与历史壁画、人物肖像一道构成了安多强巴艺术的主体。这三类题材中，倾注了最多感情色彩的便是度母了。

就在我们忙于拍照之时，安多强巴在一旁端详起担当翻译的藏族姑娘索娅。突然，他走到寺院二楼的黄色墙壁前，用大拇指的指甲在墙上划出一道美

▲ "文革"中偷偷收藏安多强巴画作的收藏者的佛堂

▲ 作于"文革"时期的唐卡

丽的弧线，很快，这位美丽姑娘的面容便浮现于墙上。当我们正惊诧于老先生怎敢在寺院乱画乱刻美人头时，老人的手已上扬，顺着姑娘的发际画出了大山的轮廓，紧接着他又在半山腰处画了一排排僧房。这时我们已经很清晰地看出他笔下画的就是哲蚌寺。老人越画越激动，指甲飞快地在墙壁上跃动。这位喇嘛出身的艺术家正在向我们演示从一位美人观想到信仰的过程，难怪许多人认为六世达赖的情诗都是参禅的心得。老人最后在画的右下角用藏文签上了他的大名安多强巴。他伸过手指让我们看到指甲已经磨得秃秃的了。

我问他："您笔下的度母栩栩如生，显然不是按照《造像度量经》画出来的，这些度母都有生活中的模特儿吗？"不严格地遵守《造像度量经》画出的佛像，是否就不合法度呢？安多强巴的态度十分明确。什么叫《造像度量经》？我们一般遵守的都是15世纪绘画大师曼拉·顿珠加措所创立的佛像画法，他编著了《造像度量如意宝》并创立了曼拉画派。可是他的画法也是在吸收了印度、尼泊尔画法并融入了西藏风格之后形成的新流派，也是他个人艺术的归纳。怎么能说后面所有的人都不能越雷池一步呢？

早在西藏第一座寺院桑耶寺修建的时候，藏王赤松德赞就请来自印度的大师寂护（藏语音译为"希瓦措"）主持佛像的雕绘工作。当讨论到该用印度、尼泊尔样式还是汉地样式的时候，藏王与大师发生了争论。大师认为佛诞生于印度，自然应以印度样式为准；藏王则认为，应该采用西藏的样式，才有利于当地百姓接受信仰。可是哪里有西藏样式呢，藏王下令从百姓中挑选模特儿，于是就以当时的大美人若萨·拉布门为模特儿塑造出第一尊西藏样式的度母像。

安多强巴认为"印度的绘塑方法也不可能是一种，但不管塑绘何种佛像都离不开自己民族的特点，衣着饰物等也按本民族的习俗而表现于佛像上"。他为此专门去大小昭寺，勘查了来自汉地和尼泊尔的两尊释迦牟尼塑像的尺度，发现他们之间的比例尺度都不相同，更不用说与西藏传统绘画和雕塑尺度完全不一样了。因此他一方面对藏族前辈大师的努力深表敬意，一

▲ 正在画室写生的安多强巴老人。

▲ 作于"文革"时期的唐卡。

方面也坚定地认为没有永不变动的法则。

安多强巴显然对生活中女性形体有着极为入微的观察，因而他笔下的度母才显得生动真实。但是不管他追求表现的是怎样的真实，画中度母所呈现给众人的绝不是肉欲和情欲。说到底安多强巴塑造的还是女性的神祇，是供人朝拜观想的偶像，是绘画拥有者心灵的导师，是生活中的守护神，这与西方绘画中的女性形象完全不同。

我不只一次遇到这样的场面，当人们看到安多强巴画中的佛陀或度母时，他们首先想到的不是欣赏，而是顶礼膜拜。在虔诚的藏族百姓看来，见到开过光的佛像和度母就如同见到真佛一般。民间中有一种说法，安多强巴亲手画的佛像就不需要再请别的喇嘛开光了，因为已经具有了神性。

西藏的传统画师在绘制一幅佛像前，必须举行一定的宗教仪式，仪式由画师的宗教上师或各寺院的活佛主持。喇嘛上师将画师工作的场地进行煨桑供奉和诵经，还要祈请神灵进入画师的躯体，画师们才敢动笔描绘神佛的形象。而画师们的笔下的佛像完成之后，就不仅仅是简单的一件艺术品了，特别是经过活佛和高僧的加持之后，它将成为持有者崇拜的象征物，在虔诚的信奉者心中将激发出对于佛法的极大热诚。由于卷轴唐卡携带方便，易于悬挂，因而成为八方云游的僧人和到处游牧的信徒们最为理想的膜拜物品。

当然，也有人“淫者见淫”地认为喇嘛们多用度母作为观修对象。虽然我尚无法真正体悟观想之中与画中护法神达于心口意相契合的大圆满之境到底怎样，但一位活佛说过：你面前的本尊神就是你的本来面目，也是度你成佛的上师，虽为尘世之物像，却可导入超尘之境界，犹如燃灯之火，亦是方便法门。

因此，无论安多强巴怎样地迷恋女性，怎样地从女性的美中汲取灵感，在达于最后的创作阶段时，一切都升华为一种境界了，所以美和肉欲从来不是他的目的。

他对我说，我这辈子虽然接触过许多女子，但是没有遇到一个真正完美无缺的女人。我说，合于你标准的美女只能在你的画中出现。他笑了，说的确是

▲ 作于70年代的白度母。

这样，比如生活中的女人乳房再完美，也不能就那样画入画中。他让我注意到他笔下每一尊度母的乳房都比现实中女人乳房的位置高出了许多。他说这样不会使人产生肉欲的感觉，下坠10厘米就太现实了。我量了一下，所有画中度母的乳头位置都上升了约10厘米。我笑着对他老人家说，现在我总算明白了什么叫作艺术高于生活，而且最好的尺度是高于生活10厘米。

艺术家恨不得一个世纪如一日钟情于他所热爱的对象。直到如今80多岁，安多强巴仍然如此含情地与女人交往，让每一个女人感到惬意。这种直率和健康地对于女人的热爱太令人感动了。老人每天没事就到大昭寺转经，他真是爱尽人间春色，见了小姑娘便柔情似水问长问短，问了人家的名字之后，连连摇头：不好，不好，你的名字应该叫玫瑰花！

老人一生中有三次正式的婚姻，第一个妻子给他生了一个孩子，第二个给他生了七个孩子，现任妻子给他又生了两个。安多强巴最小的儿子是他80岁时候生的，老人旺盛的生命力让我羡慕不已。年轻时候的安多强巴风流倜傥，就是现在也风度不减当年。老人中等身材，像个儒雅的学者，爱穿旅游鞋，爱戴一顶藏式礼帽，一副金丝眼镜。80多岁高龄，背不驼，腰不弯，说话时声音低缓而滔滔不绝。

未了心愿

90年代以后，拉萨的许多宾馆饭店里都有安多强巴的壁画，这些壁画多为风景，或是类似于敦煌飞天的菩萨和度母。壁画的定做人多为老板，因而绘画的主题和动机应该说都是媚俗的，以安多强巴的名声做广告。这对一位大师来讲不能不说是巨大的浪费，偌大一个拉萨，竟然没有一面墙壁可容得下安多强巴挥洒他超凡的特长。

安多强巴感到自己一天天老了，联合办学的几次努力都归于失败，最后在

▲ 这幅唐卡画中的人物原型就是取自小儿子罗丹。

政府关照下，安多强巴私立美术学校终于成立了。学校成立后，暂借布达拉宫下面的一间楼顶。这座楼原来是藏军司令部的旧址。50年代初，就是这座房子的主人，藏军司令拉鲁·次旺多吉在八廓街发现了他，将他请来为其画肖像唐卡，现在安多强巴重又回到这里教授学生们画肖像。他现在共30多位学生，大多数是拉萨人，有一位来自遥远的东北，是沈阳鲁美的毕业生；有一位德国的小姐，也有拉萨的女学生，这在唐卡这门古老的行当里算是新潮了。

安多强巴还有几桩未了的心愿，他希望有生之年再回一次安多的老家，再看一眼自己降生的地方。就是从那个偏远的小山沟，他一步步地走近圣地拉萨，走进西藏的历史。在安多的家乡估计还有近百幅唐卡流散在民间和寺院，他非常希望能再看看这些作品，因为那就像他一生画卷中的几个片断；第二个心愿是出版一本安多强巴画传，把他的一生与西藏的百年史展现给世人；最后一个心愿是在依山傍水的地方建造一座美术学校，老画师希望能带领弟子们将这座立体的坛城全部彩绘，使其成为西藏文化和艺术的纪念碑。

此时此刻，安多强巴也许正坐在布达拉宫下面的小二楼顶手捻念珠。他半路下山，在红尘中打熬了将近60年，留下了多少精美绝伦的传世之作。这些绘画记述西藏百年的沧桑，千年的荣耀，不仅为这个民族这个时代留下了永世的珍宝，也启迪了不知多少虔诚信众的心智。他笔下的佛陀、护法和菩萨们，在西藏人的眼中，与亲眼见到神祇无异。谁给予了安多强巴如此的魔力？他本人和他的同胞毫不怀疑是三宝的加持，他此生注定应在世间修法，因为只有鲜活的生命才能成为他的艺术他的灵感的丰富滋养。

老画师以他毕生的精力完成了一幅长卷，全景式地展现了西藏的自然、历史、人物和命运。没有一个人像他这样以绘画的方式见证了百年西藏，他以毕生的艺术创作为后人留下了一部永恒的西藏画卷。

德格印经院

撰文／李旭　摄影／李旭、张锦能、朱林等

德格印经院是一个神圣而又朴素的地方。冬日的阳光从湛蓝的天空中倾洒下来，透过印经院的天井和一扇扇敞开的窗子，一声不响地照在已存在几百年的木刻经版上，它们成排成排肃穆地卧着，如一级级泛着灵光的阶梯，引领着人的灵魂开始了一种飞翔，飞升上蓝天，与那些经版上经文的创造者们晤面，与那些经文里诵念的神灵交流。于是，一切豁然开朗，心灵和眼睛看到的一切，都溢满了阳光。

走近德格

2000年初冬和2001年初春，我两次从云南昆明启程开始四天长达2000多公里的跋涉。穿越云南藏区进入四川藏区，由南向北纵贯几乎整个横断山脉，经过14个县市，翻越了10多座海拔4000米以上的雪山。一路的艰险困苦一言难尽，一路也领略了高原的雄奇，一路都有壮观的玛尼堆、风马旗和经幡塔。藏民的民居一县跟一县不一样，但都装饰得很漂亮。这是一个极富美感的民族。道路在原野上伸展，直达地平线，直达天际。德格境内的新陆海简直就是一片人间仙境。只有在那苍茫如外星球的大山大川中穿行过，只有那样接近纯净无

◀ 数之不尽的藏传佛教经典从德格印经院流传到世界各地，声誉卓著。（张锡能摄）

瑕的蓝天、沐浴灿烂的阳光，和一群又一群气宇轩昂、高贵淳朴的藏民交往，才能明白为什么在德格那么一条山沟里，会拥有那样丰厚的文化，会产生那样一种奇迹。

终于，我到了德格，在阴冷如冰窖、既没有卫生间也没有取暖设施的德格宾馆住下。不幸的是，我要找的德格印经院色加院长在半年前突然病逝，新上任的巴松院长又出差在外。几经波折我找到了藏族女作家唯色介绍的文教局德布局长，他表示会请德格印经院配合我。第二天，印经院两位负责人德玛老师和雄呷老师特意安排了印经院办公室的曲益多吉配合我工作，我们很快成了朋友。

德格印经院在藏区闻名遐迩，藏文的全称为“德格吉祥聚慧院”，由德格第十二世土司、六代法王却加·登巴则仁于公元1729年创建，迄今已有270多年历史。它位于四川省甘孜藏族自治州德格县欧普龙山沟口，坐北朝南，建筑面积5886平方米，集寺庙和民居建筑风格为一体，是一幢大型四合院式整体建筑，在功能上则是集寺庙和手工印刷工场于一体。南面大门两侧一楼一底，东、西、北三面有三四层，中间是一长方形小天井，红墙黑饰，顶上装有金色法轮和孔雀。一楼是经堂，二楼是库房，20多万块经版就存放在二楼八个库房里，印工们就在库房、侧楼和回廊里工作。

德格印经院现在保存有木刻印版27万多块，包括藏传佛教各教派的经典，以及藏文化中历史、科技、传记、天文历算、藏医学、语言文字等典籍，是藏区最大的印经院，也是我们所知世界现存的最大规模的手工木刻印版印制中心。

从西侧的楼梯进入库房，一排排经版呈现在眼前。我不知道有多少双手，有多少额头触摸过这些经版，那些人一代又一代死去，但我还能感到他们的体温，他们的希望和信仰都留存在这些经版上。

令人费解的是，藏区四座印经院，为何规模最大、经书最完备的一座，竟

▲ 德格印经院是世界最大规模的木刻雕版印刷中心，那里蕴藏着无穷无尽的神奇和灵光。(林健摄)

建在远离藏传佛教中心的德格，建在这条毫不起眼的山沟里？

德格的汉译意思就是“善地”。这里是世界上最长的英雄史诗《格萨尔王传》的主人公格萨尔的故乡。伟大的历史滋生了厚重的文化，尽管我在德格只待了十来天，但已感受到了德格的胸襟，它吸纳一切教派的一切言说和观念，接受一切人的感悟和思想，于是，像无数的江河溪流，携着善、智慧和仁慈，汇聚到德格印经院，沉积在那数十万块经版和数亿个字符之中，使之成为浩瀚的信仰和智慧之海，然后从这里流向信仰藏传佛教的一切角落。

实际上，许多经版的历史比德格印经院的历史要早很多年。还在德格印经院创建之前，德格土司出资雕刻的印版已有1500多块。在德格印经院创建的早期（18世纪初），印版总数已近十万块，其中的《甘珠尔》经过60名书写员、10位编审师、400多刻工的艰苦工作，于清雍正十二年（1743年）历时4年方才完成。到18世纪末，印经院的经版已超过20万块，仅《丹珠尔》的经版就达32000多块。19世纪，德格土司的势力开始衰落，印版的刻制逐渐减少，处于维持状态。1958年后，德格印经院停止了刻板和印刷。80年代以来，德格印经院又焕发了生机，它一边维修，一边对残缺印版和新版本印版进行刻制，如果在民间发现有著名喇嘛手书的经书或著作，就马上取样来刻成新的经版，这样印版就越来越多。印经院的印版分书版和画版两大类。画版数量不多，有“唐卡”画版、“坛城”（曼陀罗）画版和“隆达”（风马）画版，其他都是经书版。印版如按印制颜料的不同又分为墨印版和朱砂印版，墨印版是多数，朱砂印版仅限于《甘珠尔》等少数经典。

在50年代以前长达230年的时间里，印经院一直受德格土司和更庆寺双重管理，经书等全部由僧人印制完成。位于印经院附近的萨迦派更庆寺，是德格土司最重要的家庙。印经院隶属更庆寺管理经营，由院长、管家、秘书三人组成管理机构，他们由更庆寺堪布（住持）推荐寺中有能力的喇嘛，经管家会议决定人选，由土司任命，任期三年，卓有成效者可连任。印经院对印版、设备

▲ 德格印经院以它丰厚独特的文化内涵，被列为全国重点文物保护单位。(朱林摄)

及工人要求十分严格。印版雕刻完毕，需经院长验收合格后，才能分类上架。印版出入库要签名登记。每年印刷结束，须将印版清洗干净，涂上酥油才能入库，严格防火、防潮、防虫。经典的印数也有一定控制，如《甘珠尔》一年只能印25套，《丹珠尔》只能印20套。印刷原料在本地采制，纸张由辖区内百多户固定造纸户提供，印版胚版、烟墨及其他原材料以支差敛赋的方式征集，用杜鹃树皮熏烧成的烟墨，一年要征集六七吨。朱砂则由西藏和印度购进。

1996年，德格印经院被确定为全国重点文物保护单位，属德格文化教育局管辖，有13名国家干部，60多个印工，多的时候有20多个刻板工，两个染料工，四个装订工，两个老校对。他们基本仍按过去古老的管理规则和传统模式进行工作，只不过季节临时工人是招聘来的，纸张也大多改用内地生产的廉价纸，干粉墨也改用墨汁了。

传统手工印刷经书的宗教气氛

德格印经院自创建一直采用传统方式印制经典，从80年代恢复印制经书至今，也基本保持了传统。其工艺相当复杂而考究，要经过多得难以述说的程序。

印版制作需要三道工序：印版加工、书写、刻版。印版原材料选用附近盛产的花椒木、红桦木，锯成约半米长的节，再劈成4至5厘米厚的板子，用微火熏烤烘干，再放到畜粪池里沤制，一年后取出用水煮，再烘干，推光刨平，才成为胚板。印经院检验合格后，由书写员按照藏文书法标准直接反书于胚板上，或按印版大小，先书写在样纸上，经严格校对，才将样纸反贴在胚板上，让字画渗印上去，然后洗掉样纸，按字画刻版。刻版工都是师徒相传，经过严格考核和训练，不仅刀法娴熟，而且要有很好的藏文和绘画基础。按规定每人每天只能刻一寸版面。版子刻出后还要认真校对，挖补改错，如错的较多，就

▲ 多达27万块的经版在德格印经院已经伫立了几百年。(张锦能摄)

▲ 数百年以来，不知有多少双手触摸过这些经版和画版，并注入了他们的智慧、思想和情感。(朱林摄)
▼ 经版的刻制复杂而严格，要经过无数道制作和校对。(张锦能摄)

▲ 印刷完成的经页，还要经过最后严格的审校。（李旭摄）

◀ 印经前，纸张要经过浸泡回润，以使吸墨均匀。(张锦能摄)
▲ 两个印工用一台传统的印刷机，配合默契，一天要完成5000页的印数，心中的阳光抹淡了繁重的劳作。(薛华克摄)
▼ 在藏民心目中，任何一块经版都具有神圣的意义，连洗经版的水也被当作"圣水"来饮用。(李旭摄)

要重刻。刻好的经版成批放到酥油锅中熬煮、浸泡一天，取出晒干，再用一种叫“苏巴”的植物根煮水清洗，晾干后入库。从书写到版成，仅校对就要经过十二道，印刷完成后还要经过最后的几次检校。所以，德格印经院印制的经典在藏区享有极好的声誉，有“最标准的经典版本”之称。

印刷流程分四道工序：裁纸、颜料加工、印刷、装订。如果细分的话，就远不止这些了。要将整开的纸裁成传统经书大小后，放在盆里浸湿回润；将干燥烟墨粉兑入适当比例的水（现在大多改用成品墨汁了），朱砂则要经过很长时间的研磨，一人一次只能研磨6公斤朱砂，一次要研磨四天才能使用；印刷是工序最多的步骤，三个印工组成一个小组，一个刷墨，一个用卷布干滚筒压印，另一个运版和晒经；装订组完成裁纸、数页分拣、穿页装订、打磨（将经书边缘切磨整齐）、刷色边、包装等工序。

最后是经典销售。德格版藏文经典是全世界各大图书馆、各藏学研究中心收藏的最佳、最权威版本。藏区各地寺院和民众也将德格经典当作上品收藏、使用。德格印经院理所当然成为藏文化重要中心之一。

不论印经院的人还是来买经书的人，都一致认为，传统手工印刷的经书，更符合宗教的规矩和需要。这使德格印经院的工作从古到今都有着浓厚的宗教气息。德格是藏传佛教各个重要教派的重镇，有许多著名的活佛，他们的宗教活动，赋予了德格印经院十分神圣而崇高的地位。从古到今，德格印经院每年的印刷时间都是从藏历的三月十五日开始，到九月二十日止。在开工和歇工时，都要请喇嘛来举行盛大而隆重的法会，为印经院及经版、经书开光祈福。近年来虽然效益不是太好，但印经院的开工法会和歇工法会仍照常举办。

当曲在1981年恢复德格印经院时就到这里来了，现在是印经院的总管，他身上没有丝毫神圣气息。他系一块油垢污渍斑斑的围腰，戴一副老花镜，用算盘计算着每个人的工作量和印经院的收支。他对印经院的每块经版了如指掌，可以不费吹灰之力，能找出27万块经版中任何一块经版所在。45岁的顿噶桑珠现在负责经书销售部的工作，他27岁出家当僧人，能打算盘，写一手漂亮的藏文。在藏区，僧人做生意并不少见，寺院常常是很大的商家。

早先的印经工人、刻版工和造纸匠已经很少了，幸好还找到了两个会造纸的老太太，70岁的扎曲和69岁的根迥措姆，带上一个21岁壮实的女徒弟折嘎西，又恢复制造那千年不朽不蛀的传统草纸。2001年我又到德格印经院时，发现造纸的女子又多了两个。

造纸采用的原材料是当地出产的一种叫“阿交如交”的多年生草本植物，学名为“狼毒”。用水浸泡后，刮去深色的外皮，撕成条缕，晾干后再用水煮，在石臼里砸成泥，稀释后均匀地浇在木框布模上，在冷水池里反复晃动，直到纸浆薄而均匀地黏在布上，晾晒干后，揭下就成了一张纸了。这种纸颜色略黄，质地较粗，也较厚，但纤维长而韧性好，不易碎折，吸水性强。因为“阿交如交”有毒性，造出的纸不会遭虫蛀鼠咬，保存时间长久。“阿交如交”一年四季都能挖到，2000年的价格是人民币三角一市斤，一斤能打出三张纸。

过去德格印经院的经书，全用“阿交如交”纸印制，现在则大量采用内地生产的廉价的纸，只有比较珍贵的佛像唐卡以及曼陀罗，才用传统的纸印制。这样，以前的经书和现在的佛像唐卡价格就很贵了。

负责印刷的大多是年轻力壮的小青年。在我们看来非常辛苦的工作他们说并不觉得累，他们都是佛教徒，所做的工作是自己信仰的事情，不觉得累。印工大多来自德格本地，多是贫寒家庭的子弟，在印经院工作这半年，为他们提供了虽微薄但却稳定的收入，其余半年时间他们还可以在家帮助做一些农活。斯农在印经院工作了13年，搭档是有七年工龄的江农。印经的搭档都由院里分配好，一组印刷工一天要印5000页经书，坐在高处的负责固定纸张，用绸缎做的刷子刷墨；坐在低处的负责送纸，用羊毛做的滚筒压印。墨要均匀，经文才清晰，不合格就要重印。他们一起一伏，发出呵呵的呼吸声，据说这节奏感可

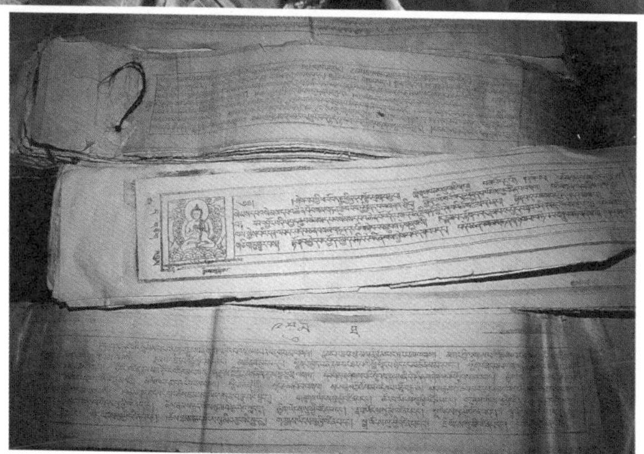

▲ 研磨一臼朱砂，需要三四天的工夫。（朱林摄）
▼ 只有《甘珠尔》等少量经典，才用朱砂印刷。（林健摄）

▲ 德格印经院印制的经页，成为各藏传佛教寺院使用的经典。（林健摄）

以提高印刷速度。在外人看来，他们的动作总有一种神秘而神圣的氛围，好像是在对每一页经书顶礼膜拜。

印画版的是四名上了年岁的印工，55岁的支比和58岁的江雍杰巴是一对搭档，60岁的卡尼和59岁的江雍是一对。他们要在传统土纸、布匹或丝绸上用画版印上各种唐卡、坛城和风马，技术要求较高，必须很细致，所以他们的工作并没有定量，工作一天有9块钱收入。他们几乎都在印经院干了半辈子，这是他们唯一的谋生手段。

刻板工大多是从西藏江达等地请来的，本都次仁和希拉布楚就来自江达，我到过他们家乡那条美丽的波罗峡谷，那里出产最适合雕刻印版的花椒木，那儿几乎所有的男人自古就以雕刻经版补贴生计。他们每人都有一套各种规格的刻刀，工作时夹满了指缝。他们的雕刻非常精细，按版子的大小计件付酬。

强巴和色朗次仁负责研磨朱砂，用一根固定了上端的木杵在石臼里不停搅动，一天的薪水也是9块钱。一人一次研磨6公斤朱砂，一次要研磨四天。现在朱砂从内地买来，一公斤100元人民币。以前印量大的时候，研磨朱砂的工人就要10个。

工人们每天早上八点半开工，十点半喝茶休息，清茶水由院里免费提供，有一个专门烧茶的工人。午饭时休息一个半小时，下午工作到五点半，泡好第二天的纸，全部工作就结束了。所有工人每人每月收入二三百元人民币，另外还发给一点酥油，一年度发10市斤，逢年过节再给一些补贴，如果印经院的收入好，那就还有一点奖金。

印版经过一段时间的印刷，就要做彻底的清洗。两个老者负责在一只用巨大的原木挖成的水槽里清洗印版。不少藏民带着瓶子来盛那清洗下的朱砂水，有的直接就喝起来。那对他们来说是能祛邪治病的圣水。不论在藏医那里还是在中医，朱砂的确是一剂药材。

在印经院门口，还有一个藏族老人出售“巴珠”，那是将印经院洗印版沉淀下来的颜料做成的一粒粒小小的丸子，前来买经、朝圣的藏民将之作为药品，据说每天早上服用，可治许多病。去内地天气热的地方，吃了它们可以防病。

天气越来越冷，印经院一年的印刷工作很快就要结束了，有的工人已经回家了。我的采访也顺利完成。每天从早到晚，仍有德格当地和来自四面八方的人们围绕着印经院转经、磕长头，像金沙江中的漩涡一样绵延不绝。每天进出印经院，我也随着那漩涡的涡流，绕着印经院转上三圈。几天工作下来，精神仿佛经历了一次洗礼，心灵里多了一份虔诚，有了一种敬畏和景仰。

屯堡人

——黔中高原上的戍边者后裔

撰稿／张晓松　摄影／卢现艺

从贵阳出发，沿贵黄公路西进，在黄果树和省会贵阳之间，长达150公里，面积大约1340平方公里层峦叠嶂的喀斯特岩溶地面上，有许多屯墙、垣壁和石板盖顶的屋子以及高耸的碉堡组成的石头村寨，那里住着一种特别的人，他们身着宽袍大袖长及脚踝的宝蓝色长衫，说着既不同于本地又异于邻乡的特殊语言，衣食住行、婚丧嫁娶、生老病死、喜怒哀乐、节日仪式统统按自己的老规矩行事。就是这样一个看起来颇为“古旧”的人群，正是由于他们的祖先来到这里，才产生了“贵州”这样一个省，并且正是经由他们的手，改变了这个地区的历史面貌。

“屯堡人”——对明代汉族移民群体的一种特称。清道光《安平县志》称：“屯堡人即明洪武时之屯军。”《平坝县志》说：“凡住居屯堡者，工作农业，妇女皆不缠足，从事耕耘者，率皆以屯堡人呼之。”明洪武年间，受朱元璋皇帝遣汉制夷之命，从江西、南京、安徽一带调北征南，来到黔中腹地安顺、平坝、镇宁一带，至今已繁衍了十七八代，人口约有30多万。他们在西南写就了屯田戍边的辉煌历史，也始终骄傲地保持着明代江南故地的生活习俗。屯堡人在自己的社区内，按固有的方式和传统生活着，屯堡女人又是屯堡文化

▲ 屯堡内部是封闭式的燕窝式建筑，成为小三合院。

最忠实的守护者。600年岁月沧桑，她们乡音不改，服饰依旧。当你走进她们中间的时候，会强烈地被她们那丰富的生活内容所吸引，被她们那充盈的精神生活所感动，被她们那对自己文化的自信所震撼。

屯戍之师

公元14世纪中叶，朱元璋力逐群雄，一统中原，建立了明王朝。可是在西

▲ 九溪屯是屯堡聚落中最大的一座屯寨，也是屯堡文化根深蒂固的地方。

南边陲的云南，还有一位前朝梁王把匝剌瓦尔密，踞西南高山之险，仍在负隅顽抗，洪武十四年（1381年），朱元璋亲命颖川侯傅友德为征南将军，统率江南将士30万人出征。取道贵州，西挺云南，30万父子兵告别江南家乡，越长江，过洞庭。

梁王败死、云南收复后，明朝为要长久地控制西南，必须稳定贵州，于是命令整修通往云南的各条驿道，并在驿道沿线遍设卫所，派重兵驻扎。明永乐十一年（1413年）新皇朱棣派顾成为大将，统兵5万屯驻贵州。至今，当你打开贵州地图，沿古驿道一路看去，就会发现许多与军事相关的地名，如镇远（永镇远驿）、平坝（平安之坝）、安顺（安宁顺达）、镇宁（镇守安宁）、关岭（险关峻岭）等等，无不打着当年遣汉制夷、驻守屯兵的印记。

这一屯，就让他们自己和他们的后代屯了600年。至今安顺境内，以屯、堡、铺、哨、所、驿、关等为名，冠以王、张、雷、郭、单、蔡、吴、鲍、金、刘等姓氏的屯堡比比皆是。

高原石堡

“遣汉制夷”，屯田戍边，屯堡人真正是住在了“土著”居民火山口上，所以家家户户在盖房建屋时首要的考虑就是使其具有牢固的防御功能。

贵州高原是一片石灰质沙页岩构成的喀斯特山地，沙页岩是很好的建筑材料。有民谚说：“石头的路面石头的墙，石头的屋顶石头的房，石头的碾子石

▲ 九溪屯的女人们在清明时节拜祭明朝的祖先。屯堡女人是屯堡文化最忠实的守护者。

头的磨，石头的碓窝石头的缸。”随着屯堡人移居贵州600年，一座座石头城堡在山地上出现了。

屯堡人驻扎的安顺地区山脉巍峨峻峭，他们尽量选择依山傍水、地域隐蔽、易守难攻之处安营扎寨。云山屯就是这种极具防御功能的典型村寨。云山屯坐落在安顺城东七眼桥镇之南4公里的云鹫山峡谷中，寨前古树浓荫，两山夹峙，山势险峻陡峭，仅有一条盘山石阶路可入。从唯一的屯门进入，门洞深数十米，上有歇山顶箭楼高耸雄踞。屯门两侧依据山岩地势砌成高6米长十数里的石墙连接悬崖，各显要位置分布着14个哨棚（碉堡）。前后屯墙封堵，两侧陡峭的高山上还建有石头城墙，将屯子严密地围扎起来。一条东西向的主街纵贯全村，数条弯曲的小巷巧妙地将各家各户串联起来，住家、庙宇、戏楼、碉楼等大部分建筑依山势的起伏呈阶梯式分布于两侧山腰上，整个村落布局、道路设施和院落结构绝妙地完成了三重封闭性防御体系。第一道封闭线是屯门和寨门，其作用是阻敌于山寨之外；第二道封闭线是若干个单体建筑共同拥有一条巷道，若干巷道与主街连通，一旦敌人攻破寨门，突入寨内，亦将被隐藏

▲ 云山屯至今保留着完整的石筑城堡。
► 望楼上的窗口和枪眼。枪眼形式很多，有十字形，有一字形，有梅花形的。

于不同巷道中的自卫力量给予毁灭性打击；第三道封闭线是那些三合院和四合院建筑，因为那些建筑均仅有一个进出口，如果敌寇入得其内，只要把住大门，管教他定成瓮中之鳖。这样“户自为堡，倘敌突犯，各执坚以御之”，既有封闭性，又有防御性，更兼内部联络性，真正所谓“固若金汤”是也。

专家们说，屯堡人的建筑并不是一下子就定格成今天的样式的。初来乍到的屯军，仅仅是修建了一些栅栏式的简单建筑，定居下来以后，渐渐演变为明代封闭式燕窝式建筑，到了后来，又演变发展为清代封闭式城堡式建筑与屯土建筑结合的建筑群体，再发展下来，又有民国封闭式城堡式与碉堡式结合的建筑群体。确切地说，今天人们可以从屯堡建筑群体中，看到从明代以来历朝历代屯堡民居建筑的发展演变状态，以及它的演变。

屯堡建筑的内部，是封闭式燕窝式建筑，一间正房一间厢房一座照壁，称之为小三合院。若干个小三合院共用一条通道，连为一体，极具防御功能。城堡式建筑则是在燕窝式的基础上，将院落加大加宽，同时安置两重朝门，双门内有一个专事守卫的小屋，外重朝门则呈外宽内窄的“凹”字型，在凹壁上留着交叉火力的枪眼。朝门的顶部还有可以观察外面动静的“望楼”。枪眼的形状很多，有一字形、十字形，还有梅花形等等。

从外观上看，屯堡人的建筑以石块、石板构成坚固无比的石头城堡，但在内部却有着十分铺张讲究的装饰，来自江南的木雕和石雕艺术在这里发挥得淋漓尽致。屯堡人的小院，满目都是精雕细刻的图案，木雕的窗棂门楣上刻着人字格、万字格、寿字格等各式花纹，连柱脚处、下水道的入口处，也都有龙、凤、青蛙、蝴蝶、蝙蝠等各种各样的图案。正是在这些细微末节的地方，你能真切地感到江南水乡的文化涵养是如此深厚，屯堡人即使到了这所谓“蛮夷之地”、“贫瘠之乡”，即使只能用粗糙无比的石头来打造家园，仍然固执地把家乡那种细腻丰满、夸张华丽的江南文化风格铺排到淋漓尽致。

自汉代以来，中央政府就一直在修筑通往西南的驿道。到明代以后，贵州

▲ 屹立在云山屯堡里的石碉楼，显而易见它曾担当的防御功能。

境内的驿道已有几百里，从贵阳到安顺的驿道恰好穿云山屯内而过。当年，各地商贩纷纷云集此地，云山屯因此成为驿道上难得的商贾之地。一条蜿蜒大街贯穿全寨，石街宽阔，街两侧有高台戏楼、财神爷庙、祠堂以及老字号“德生昌”中药铺。寨内建筑中保留着垂花门、雕花隔扇门等，甚至连下水道的入水口都有精致的雕刻。后来公路绕道而行，云山屯渐渐衰落下来。现在居住在云山屯寨内的屯堡人已不足百户，他们大多祖籍江南应天府，明洪武六年入黔，落脚此地。

在形制上，屯堡的卫、所、屯、堡在黔中一带形成了几百座联系紧密的屯戍之网；在建筑上，占尽天时地利的屯堡人，用当地特有的石块、石板，结合江南的建筑文化传统，加上兵法上据守险隘之策，在贵州高原修建起一座座固若金汤又精雕细刻的石头城堡，同时也将一段铁马金戈的历史，永恒地定格在了中国西南部这一片邈远的喀斯特山地上。

九溪屯的“军傩”演义

出安顺东门外27公里，距天龙山大西桥镇7公里处，有一个近1000户、约2000多人口的村寨——九溪。因为寨前有九条小溪汇聚于此，形成一条宽阔的大河，大河孕育了这个最大的屯堡村寨，所以人们给这条河取名“九溪河”，把村寨叫做“九溪屯”。

传说中，九溪是由屯堡人中的张、宋、顾、汪、胡等“十大姓”开辟的。当年，九溪处于贵阳通往旧州、安顺、镇宁乃至云南曲靖的交通驿道上，南来北往的兵马客商，云集此地，从明代到清代，九溪渐渐成为人口众多的屯堡大寨。据说，人最多时曾达到4000多口。后来，滇黔公路不走旧州了，九溪也就渐渐衰落下来，但它仍是屯堡聚落中最大的一座。

九溪河的对面是老青山，从前人们称之为“青龙山”。登上山顶，俯首四

▲ 在坚固无比的石头城堡内，大不乏精雕细刻的建筑装饰，散发着屯堡人祖家带来的优雅风格。

望，可远眺达百里之远。四围的村寨、田土、坟冢尽收眼底。从前古人在山上修建有一座大庙，可惜“文革”期间被外乡来的红卫兵给推掉了，满山两人合抱的大树，也给人砍光了。在九溪河的下游，距村寨约半里远近，有个文昌阁。文昌阁建于清嘉庆年间，是著名的书院，十里八乡的读书人都聚集到这里。据说，在光绪年间，这里的秀才顶子多得用升装。50年代末，一场山洪，把文昌阁冲得无影无踪，从此，这里再没有了读书声。

九溪走过了几百年的历史，祖祖辈辈传下来的生活方式始终没有改变。九溪屯权力最大的是“老协会”，老协会就是当年的长老会，连村长支书也要听老年协会的。

老协会主任姓王，叫王厚福，今年七十有一了，是个相当讲情讲义之人，九溪村的地戏之所以得以保存下来，跟他有很大关系。旧时，九溪的三个屯大堡、小堡、后街分别有三台地戏。大堡演的是《五虎平南》，小堡的是《四马投唐》，后街的是《岳雷扫北》。王厚福从小记性就好，九溪的大事小事他全都记得，三台地戏每出戏的本子堆起来都有一尺多厚，他差不多全能背下来。在地戏班子里，他从不上场去演，而是藏在后面给人提词。20世纪80年代初，政府的政策宽松了，又允许演出地戏，可惜多年的内乱，戏本丢的丢烧的烧，所剩无几。王厚福猫在家里，花了三个月的时间，用蝇头小楷工工整整抄写好戏本。又卖了家里的猪，请人油印戏本，发给班子里的人。

外面的人们知道“屯堡人”，就是从知道“地戏”开始的。“地戏”，田间地头表演的戏，这是屯堡人对这戏剧的自称，其实，地戏是屯堡军队进入贵州时就带来的。它的来源是古时军队中用来振奋军威，恐吓敌人，保证出师胜利的军中傩仪，又被称作“军傩”。“傩”是一个假借字，也是一个多义字。“傩”原是一种驱鬼除疫的仪式，起源于我国的殷商时期，到了周代，盛行一时。以后历经演变，由祭傩仪式发展为傩舞和傩戏，大体上可分为宫廷傩、民间傩、军傩和寺院傩。宋代是傩戏的形成时期，同时也传入军队，成了所谓的

◀ 三合院天井内的下水口，是由美丽的石雕图案构成。

▲ 屯堡人走过几百年的历史，祖祖辈辈传下来的生活方式始终没有改变，每逢节庆时演出的地戏，在这里便演了几百年了。

▲ 九溪屯的老协会。如今的老协会相当于当年的长老会，掌管屯寨的最高权力，全部由男人组成。

“军傩”，“地戏”就是“军傩”的一种。屯堡人也把地戏称之为“跳神”，这个“神”字是很有讲究的，我们可以从中寻找到“傩”在中华历史发展中的演变踪迹，也可以看到中国历史上人民生活与信仰、与娱乐、与人生密不可分的关系。

地戏是男人的专利，表演者全是男性，忌讳女人参加。每年春种秋收之际，逢年过节之时，屯子里的地戏班子都要演上几天几夜，虽说演地戏是男人的事，但女人却是最忠实的观众。演出时，演员们身穿土布长衫，腰间围着绣花战裙，背上扎着背旗，从头顶上垂下黑纱罩住面部，额上戴着木制的各种面具，上插野鸡毛，乐器只有一面锣一只鼓。在安顺地区，田土都在平地上，田土旁就是山坡，演出地戏都是在平地上，观众坐在山上看，脸子如果扣在演员面部，那观众就只能看见他们的脑壳。不知是哪一代的先人，把地戏脸子都戴在脑门上，演员的脸就用一块黑布挡住。这样，坐在山坡上看戏的人，正好看见地戏演员的脸子。

地戏的内容都是自古流传的小说演义、民间说唱，如《三国演义》、《封神演义》、《薛仁贵征东》、《薛丁山征西》、《杨家将》、《说岳》等故事。在安顺的屯堡人社区，地戏大约有370堂之多。几乎每一个屯堡村寨都有一堂地戏，大一点的屯堡有两堂甚至三堂之多。每一堂戏都是连堂戏，演出一个故事可以长达十天半月。地戏只在每年春节和稻谷扬花的时候表演，含有驱鬼祈福的意义。地戏在田间地头表演，每一次演出都吸引了成千上万的观众，有的从几十里以外赶来，年复一年，百看不厌。

地戏的唱腔高亢有力，又带着屯堡人的山歌韵味，听上去很有味道。演唱时一人唱众人和，研究地戏的人说，这种唱腔来自江西，与江西的弋阳腔很接近。地戏的唱词都是第三人称的叙事体，专家认为这是古代由说唱向戏剧演变中留下的痕迹，可是屯堡人则认为，这是老祖宗将民间唱本艺术直接搬到地戏里面来的结果。地戏是武戏，跟京剧一样，它的动作都是规定好的。地戏的动作有几十种“套路”，如“刁枪”、“报月”、“冲枪”、“理三刀”、“打背包”、“凤点头”、“扳野鸡毛”、“黄莺展翅”等等，各屯堡的称呼和表演也都大同小异，本来就是同一个地戏老师教出来的嘛。作为道具的兵器都是木制的，刀、枪、棍、棒、锤、链无所不有。

屯堡人称地戏的面具为“脸子”。“脸子”是地戏的灵魂，没有“脸子”就跳不成地戏。地戏的“脸子”都是用坚韧的丁香木或白杨木雕刻而成。因为各村都有地戏班子，“脸子”又是不可或缺的道具，每堂地戏多则一二百面，少则三四十面，需求量很大，所以就有了专事“脸子”雕刻的村落，金官屯就是这样的专业屯堡寨。金官屯刻“脸子”的历史已有五六百年，祖传下来的技艺一直保留到今天，那里的男女老少都是刻“脸子”的高手。地戏“脸子”的种类主要有五种，屯堡人称为“五色相”，即文将、武将、老将、少将、女将，此外还有道人、小军、土地、麻和尚等杂色“脸子”。“五色相”的脸子面部还连着一副带耳翅的头盔，一般来说，好人都庄严威武，恶人则狞恶凶猛。“脸子”的雕刻很讲究，有一整套规矩，比如说刻眉毛就要“女将一根线，少将一支箭，武将如烈焰”。面部的花样繁多，不仅五官个个不同，还可以任意雕刻上蝴蝶、花草、藤蔓等乡村野地里常见的东西。

屯堡人把神灵请到人间来驱逐邪恶和灾害，保佑一年的吉祥和丰收。脸子是神的象征，所以，脸子平时交由寨子里德高望重又认真负责的地戏头仔细收藏，演出时才能开箱启用。每一次演出都要严格遵守祖先传下来的一整套规矩行事：从“开光”（上漆）、“开箱”（表演前将脸子从箱内取出）到“封箱”（表演完毕将面具放存箱内）都要举行祭仪，届时要将一只雄鸡头割破，供上鸡血、刀头肉、香蜡、纸钱等等，再由“神头”（即地戏头）念祝祷词，带领地戏班子一干人拜神祈祷。这样，脸子就有了“神气”，可以到人间来驱邪纳吉了。这还不算，演员们穿戴完毕之后，还要到庙里举行“参庙”仪式，正式表演前还有“扫开场”、“设朝”、“下四将”等仪式，表演结束后还要举行“扫收场”的仪式。

地戏的唱词也有规定的剧本，地戏演员都要把全部剧本牢牢地记下来，这可是需要功夫的，不然哪里错了一句台词，下面的人就接不上了。地戏唱词都是祖先传下来的，每一部戏都有很厚的本子。戏本叫做“跳神书”，写一本跳

▲ 地戏是屯堡军队进入贵州时就带来的。它的来源是古时军队中用来振奋军威、恐吓敌人、保证出师胜利的军中傩仪，又被称作“军傩”。外面的人们知道“屯堡人”，是从知道“地戏”开始的。
▼ “脸子”是地戏的灵魂，每一具“脸子”代表了一个具体的人物，造型生动传神。

▲ 每次演出地戏之前都要严格遵循祖传的规矩行事，举行一套完整的祭仪。

▲ 地戏全部由男人扮演，演的全是武戏，这是几百年不变的传统；唯一的变化，也许就是背牌上的图画有了一些个人的爱好选择。

神书可是要费很多钱。从前，狗场屯的那部《三国演义》就是花了300块大洋，请杨官屯的雷仲全老先生写的。人们把老先生请来，将他当上宾一样供奉着，每天好吃好喝伺候着，足足三个多月，才编好了这部戏本子。九溪小堡的《四马投唐》，也是全屯人集资，花了两头大水牛的代价，又在神前喝鸡血发毒誓，全屯保守秘密，不得外传。那年，王家屯的人把他们的《罗通扫北》的“跳神书”弄丢了，后来听说仁岗屯有，就派人去借，人家还不给，好说歹说，才同意让抄下来，仁岗派了专人来监督，王家屯派了两个秀才整整抄了十天，才抄得其中两篇书。现在，王家屯的地戏就只能演《罗通扫北》中的两折戏了。

地戏教授顾之炎

顾之炎，九溪屯地戏头。顾氏家谱载：“始祖成公，由前明洪武二年，奉敕征讨滇黔，授征南都指挥之职，躬膺王命，统帅王师，自吴来黔。其后平服黔地有功，封镇远侯征南将军。遂久镇南疆……子孙聚族于此……”顾成墓尚在。相传，明永乐年间，顾成受封镇远侯坐镇贵州，其间，顾成上奏朝廷，请练金筑等司士兵，从此，地戏成为屯军演武的一种特有的方式。顾之炎对自己是顾成的后代感到十分自豪，所以，他决定继承祖先遗志，将演出地戏的任务进行到底。顾之炎简直就是把演地戏当成吃饭一样的事。九溪由大堡、小堡和后街三个小的屯堡组成，顾之炎是小堡人。后街演的是《四马投唐》，他既是地戏头，理所当然地演唐王。唐王是这出戏中的主人公，跟尉迟恭演对手戏，尉迟恭的扮演者是顾之炎的本家兄弟顾光兴，两人从小一起长大，一起学戏，一起演练剧本，配合得天衣无缝，在安顺、平坝一带是出了名的搭档。那顾光兴连走路说话都带着尉迟恭的味儿，特别是他一上场，头一甩，胡子一捋，一个亮相，准会博得满堂喝彩。人们说他是尉迟恭神仙附体了。

那年，从北京师范大学来了一个老头，在顾之炎家住了下来，每天让他唱《四马投唐》，还叫他把一干人马集合来表演，那《四马投唐》岂是一时半会儿演得完的？直演了一个星期，才算把戏大略地跑了一趟。那老头又是写又是画地记下好几大本笔记，走的时候对他说："顾老师，您演的这戏可是古人留下的宝贝呀，它就像你们贵州那龙的化石一样老啦，甭说在咱中国，就是世界上都难寻呢！叫九溪的后生们都来学戏，好好把它传下去，千万别荒废掉了！"说完这番话，老头就坐着飞机飞回北京去了。一个月后，顾之炎收到一封来自北京的信，信上说，"承蒙著名教授×××的推荐，特别聘请您担任我校名誉教授，希望您接受为盼。另，随信寄去路费××元，诚邀顾教授不辞辛苦，到本校为研究生及外国留学生讲学"云云。顾之炎这才知道，那老头儿原来是个有名的大教授，专门研究中国和外国戏剧的。心想，难得人家这番好心请我，又是来信又是寄钱的。听老人们讲，旧时老祖宗朱元璋皇帝把南京当作京城，明朝败了之后，满族人把北京作了皇都。现如今，北京又是咱首都，去看看也好。当下收拾了行李，第二天就搭车去贵阳，再三天，就到了北京，找到北京师范大学。听课的学生据说都是些硕士博士，全都正襟端坐，顾教授教人把锣和鼓摆在学校的操场上，拉开架势，一鼓作气敲起了开场锣鼓。奇怪的是，那锣鼓在田地里敲的时候并不觉得响，怎么一到了这城里就响得扎耳。敲着敲着，敲来了一个学校警卫，警卫说："哪里来的卖艺的，跑到这里来捣乱。"拿起顾之炎的锣鼓就要往外丢。顾教授慌忙去抢回来，一边对警卫说："我是你们请来的教授哎，你们那些博士都是我的学生，你怎么敢抢我的家什？"那警卫不信，执意要将这跑江湖的家伙赶出校门。老教授来了，逼着警卫道了歉，行了礼，这才将一场风波平息下来。顾教授在北京上了三场课，又被一个剧院请去表演，真可谓名满京城。

回到九溪，全村男女老少都跑来顾教授屋里，听他讲说在北京的风光事。老人们说，这下顾之炎可是光宗耀祖啦，以后，说不定还会演到外国去哩。这话还真被言中了。第二年，省里就派顾之炎带着小堡的《四马投唐》一干人马，到韩国演给外国人看。这一趟，又让他大大地开了眼界，知道了屯堡人的地戏不仅是中国的宝贝，外国人也把它看成是宝贝呢。

来自家乡的祖神——汪公

屯堡人有极其浓厚的宗教意识，在屯堡人家的堂屋中，家家都设有神龛，在中间供着“天地君亲师位”，两旁的“神讳”则是儒、释、道、巫齐备。

“汪公”是屯堡人供奉的另一位菩萨。根据屯堡民间传说，汪公原先是人而不是神，原名叫汪华，原籍安徽休宁人氏，隋朝时成为徽州地方官，在本郡称王十余年。唐高祖武德四年（621年）九月，率部降唐，受封越国公，死后追封为徽州府越国公忠烈汪王。据明嘉靖《徽州府志》载，当时最大的汪公庙就达26座。汪公之所以被屯堡人奉为祖先神，显然因为他是安徽、江南人氏，加之他是一位通过以征战而建功立业的英雄，他的经历与屯堡先祖南征经历极其相似，于是被屯堡人作为屯田戍边的楷模来信靠，并以同是汪公后代的意识来团结客居他乡的屯堡人。

“迎汪公”是屯堡人祖辈传承的重要盛典。每年正月十六凌晨，屯堡人就把红面长须身穿官袍的“汪公”他老人家从平日香火侍奉的“汪公庙”里请出，端放在一个红锦缎扎成的轿子里，由全屯最有威望的老人引路，轿前有仪仗队鸣锣开道，轿后跟随着高妆彩车、莲船、地戏队，前呼后拥，游乡串寨。

▲ 追根溯源，地戏源自古代中原的傩仪，如今在发源地早已失传，却在贵州高原成为它的“活化石”。
▼ 每一部地戏都有祖传的戏本。这套《四马投唐》戏本是九溪小屯的人集资，花了两头大水牛的代价得来的手抄本。

投唐
投唐
投唐
卷十一
卷十二
說唱 隋唐演義
投唐戲譜
卷九

屯堡女人

屯堡女人由于从不缠足，又被人叫做“大脚妹”，也叫“屯天妹”，疑为“屯田妹”的口误。她们能挑能扛，极能吃苦，同男人一道从事田地里的劳作，打田、插秧、种玉米、栽油菜、收小麦。清康熙《贵州通志》上说到屯堡人“男子间贸易，妇人力耕作”，此风一直延续至今。不要以为她们因此就很粗蛮，祖上从江南来的屯堡女人以巧著称，几百年来她们以江南的细致手法与本地物产相结合，制作的腊肉、香肠、血豆腐、霉豆腐、豆豉、泡菜、丁丁糖、波波糖等等，名贯黔中。屯堡人的饭味道是最独特的，你要是到了屯堡村寨，她们会端上有名的辣子鸡烧豆腐，一锅鲜红的辣子鸡汤煮着雪白鲜嫩的豆腐，配上嫩绿的水煮青菜，再喝上一口自家烤的糯米“乓嘡酒”，凡是吃过的客人无不称爱。她们不劝酒，却劝饭。不要以为屯堡女人们只会“力耕作”，其实，她们也很懂得做生意，挑着自己种自己炒的瓜子花生到城市里去做小买卖。屯堡女人的泼辣大胆是出了名的，哪里都敢去。屯堡女人的自信表现在她们的穿着上，她们对自己的装束从不感到害羞，即使走在高楼大厦的都市里，一样是梳了凤头髻，穿着宝蓝色大袖子长衫，束上黑腰带，操着一口屯堡方言，挑着箩筐，叫卖做生意。奇怪的是各地的人都能听懂她们的话。“都是明朝过来的人嘛，怎么会听不懂呢！”大脚妹们并不以为然。

走进屯堡人的村寨，最吸引人注意的肯定是屯堡女人的服饰。她们身穿右衽布制的长袍，袖子尤其宽大，大脚妹们因此又常常被人称作“大袖子”。领子和袍袖边沿均镶有彩色丝线绣成的花边，腰系真丝黑色宽带，前有围腰。最显著的是她们的用色，宝蓝色是屯堡女人服饰的基本色，兼有深绿色或紫色，但决不用红色、黄色。有专家们考证说，屯堡人的服饰，无论是色彩还是款式，都鲜明地表现着元末明初江南服饰的遗存。梳头也是屯堡女人生活中的一

◀ 屯堡人有极其浓厚的宗教意识，家家堂屋中都设有神龛。

件大事，婚前一根独辫，婚后就要修面修眉，并梳成长发盖耳的发髻，安徽籍的屯堡女人至今还保持着“凤头髻”，据说这也是明朝时代江南女子的典型发式。她们将头发分成三绺，左右两边先垂下盖住耳朵，又盘绕回来与中间部分绞合，挽成发髻，再用银制或玉制的长簪插牢。梳这种头很费工夫，一般梳一次头需耗时1到2个小时，虽说有些麻烦，但毕竟是祖宗传下来的，轻易改变不得。

屯堡女人一生承担着繁重的生育和抚养孩子的工作，女性角色的学习从少女时代就开始。20岁左右结婚，到40岁左右，就可以当上祖母了。从这时起，她们便被称为“太婆”，太婆是一种十分尊贵的身份，升为“太婆”的女人，就会升格为家庭和屯堡社会的权威。除了掌管屋里屋外一应大事小事之外，“太婆”们还有另一项重要工作，就是主持民间宗教节日活动。比如说，从农历正月初九到十五的整整六天中，太婆们要持守斋戒，每天要磕2000多个头，

▲ 过河会的场面盛大，女人们沿着长绳绕成的长路小步慢慢地转，象征走过千山万水。

▲ "老户头"是屯堡女人领导班子中的核心成员，每遇大事，老户头们就立即行使联络、组织女人们的职责。

▲ 挑水是屯堡女人的活路，水井边是女人们谈论家长里短的好去处，于是，这里就成了屯子里每日新闻的发布中心。

◀ 屯堡女人又被人叫做"大脚妹"，她们能挑能扛，极能吃苦，自古以来，就同男人一道从事田地里的劳作，打田、插秧、种玉米、栽油菜、收小麦。

▲“串佛”是屯堡女人在每年农历正月十三这一天的大事，届时，数千屯堡女人从四方赶来，沿着由住持师傅在空场地上一笔画出的巨大“佛”字，虔诚地绕行，为自己以及子孙驱灾祈福。

她们坚持认为，等到自己终于修成超凡出圣之身，自己和子孙后代今后的人生之路就平顺多啦。

屯堡女人仍保持着开朗大方、无拘无束的性格。在恋爱的日子里，她们会三五成群地唱山歌，一唱就是几天几夜，而且不仅于恋爱时唱，逢庙会也唱，到茶馆也唱，甚至到大街上唱，总之是心想唱歌就唱歌，“农歌无本，全靠嘴狠”。唱歌也是一种智力竞赛，敢在人前对歌的都是能手，嗓音嘹亮，才思敏捷，伶牙俐齿。山歌的内容也没有限制，想唱什么就唱什么，谈情说爱、天文地理、生产生活、山川风物无所不包。字句不一定整齐，押韵是一定要的。山歌变化极多，内容一变，句子也跟着变，句子一变，腔调也变。除了四言八句的套路以外，还有飘带歌、滚带歌、盘歌、排歌、飞歌和很有意思的结巴歌。

九溪的宋张氏年轻时候是唱山歌的能手，她跟人唱起结巴歌来总是收不了口（女的唱）：“哥在山前山后山左山右左坡右坡南坡北坡上坡下坡栽葡萄，妹在楼前楼后左楼右楼上楼下楼走马转角楼上绣荷包，哥栽葡萄大大小小酸酸甜甜苦苦辣辣长吊长吊大个大个来送妹，妹跟你绣个丁丁拐拐拐拐丁丁须须甩甩甩甩须须鱼跳龙门凤穿牡丹八仙过海的花荷包。”（男的回唱）：“哥在山前山后山左山右左坡右坡南坡北坡上坡下坡栽葡萄，妹在楼前楼后左楼右楼上楼下楼走马转角楼上绣荷包，哥栽葡萄牵丝挂网挂网牵丝密密麻麻麻麻密密给妹吃，妹送哥一个红红绿绿须须甩甩甩甩须须丁丁拐拐拐拐丁丁鱼跳龙门犀牛望月喜鹊登枝鹭鸶闹莲野鹿衔花猴子盘儿的花荷包。”活泼的生命要唱自由自在的歌，海阔天空无拘无束好舒畅。

山歌是年轻女人唱，太婆们则在朝山串佛的日子里，穿戴一新，带上干粮

▲ 虽然早已解甲归田，屯堡人的饮食习惯仍显见军旅生活的影迹，食品耐存且易携带。他们待客亦以“吃饱为敬”，劝饭不劝酒，主妇更练就一手“飞饭”敬客的技巧。

香烛，挎上“引袋”，在寺庙里一边焚化纸烛，一面齐声合唱，她们唱的是“佛歌”，唱腔极其悠扬婉转，十分动听。其实，说是“佛歌”，那内容却似乎与佛并无太多干系，倒是与屯堡男子“说唱书”的唱本大抵相同，多是三国、唐、宋时代的演义故事，只是在每唱完一曲之后，要加上一句“佛呵，南无阿弥陀佛”。屯堡女人并不当佛歌是件多难得的事，她们从小就会唱，有佛事在寺庙里唱，节庆时在仪式活动中唱，高兴了，就坐在寺庙的山门前的台阶上唱，或者干脆在场坝上，在亲戚朋友处歇脚的时候唱。佛不就是这样自由自在，无拘无束嘛？只要心诚，佛歌唱得又多又好，菩萨就会显灵。

太婆“过河”

在屯堡，你可以强烈地感到两性间明确的角色分工，男人种田，女人管家；男人唱戏，女人念佛，各得其所。名目繁多的节会佛事活动，是女人一年中必不可少的重要内容，女人是宗教仪式活动的主角，男人则显得十分超然，他们或者作旁观者，或者最多是维持一下治安。究其原因，在屯田戍边时期，屯堡男子平时为民，战时为兵，一旦战事发生，随时可能有生命危险。战争的记忆使妇女们虔诚向佛，借助神佑求保平安。

在屯堡女人的生命中，40岁是一个特殊的分界线，40岁以前，她们种田放牛做饭喂猪生养孩子。这时候的屯堡女人无论在家里还是在屯子里，都没有发言权。这是她们生命中必须要持久忍耐、含辛茹苦、任劳任怨的时段。到了40岁以后，她们被称之为“太婆”。“太婆”是一种权力的象征。进入“太婆”行列以后的屯堡女人，她的生命变得特殊起来：她们成为家庭的主要领导者，掌管从田里到家里的一应巨细，同时也肩负着更重大更神圣的责任，这责任就是要为她们自己以及家人祈福求神，从这时候起，她要主持并参加每年众多而且重要的参禅念佛节日。在这些日子里，“太婆”们虔诚有序、一丝不苟地进行每一项程序。这是一种必须的修行，为现世的家人，为后代子孙，为自己今后要去的阴曹地府而虔心修行。

“老户头”是太婆中的德高望重者，是屯堡女人领导班子中的核心成员，每遇大事，老户头们就立即行使安排联络、组织活动的职责和权力。2000年是龙年，13年一轮的“千人过河”的日子就要到了，蟠桃会也要按期举行。

为人要学目连真，
十八地狱找娘亲。
一口喝干血河水，
血河现出我娘亲。
双手拉住娘的手，
娘母二人上天庭。

老祖母宋毛氏一生都在唱着这首佛歌，佛歌伴着她走过了84年人生之路，她不愿像目连母亲一样，死后落在血河坑里，她要在生前就越过血河。

很久以来，屯堡人中流传着“目连救母”的故事。目连妈不是个好女人，她偷鸡摸狗，吹风骂娘，常常挑起邻里事端，被人称为“长舌妇”。她死了以后，来到了“血河桥”边，手持钢叉的阎罗用“珍珠灯”将目连妈一照，她生前的罪恶顿时历历俱现。执法如山的阎罗将她挑到血河里，目连妈变成了一条狗，吠吠哀鸣，立等阎王爷将她打入十八层地狱。

目连身为孝子，毅然跳入地狱，喝干血河水，救出母亲。屯堡人提醒自己都学目连做孝子，不学他母亲当“长舌妇”，每隔13年，也就是到龙年这一年，就要举办盛大的“过河会”。在这一天，女人们把自己的躯壳留在阳间，让灵魂到阴间去体验一趟，提前把自己那些不慈不善的罪恶都清洗干净，以备将来死后，不会再发生类似的悲剧。

▲ "千人过河"是屯堡女人们最盛大的宗教活动，方圆几十里的人都来赴会。

“过河会”是屯堡女人最盛大的宗教活动。2000年的“过河会”数九溪的规模最大，据说周围方圆几十里都有人来，足有两三千人之多，密匝匝一片蓝袍大袖子。正是油菜开花的季节，蓝天晴日下，清澈见底的九溪河缓缓流淌，蓝色的衣袍衬托其中，甚是美丽壮观。在九溪屯的河边上，人们用竹篾皮纸扎成各种神仙鬼怪、兵车人马，设有“望乡台”、“奈河桥”、“枉死城”、“血河”、“冥河”……在主会场的上方倒挂着那“长舌妇”，虽然这妇人有个好儿子，但她自己的罪恶仍不可洗去，长舌妇使人人唾弃，个个警醒绝不效法。

屯堡女人们一边磕头忏悔，一边依次投以钱币或糍粑贿赂诸神。她们忏悔的主要内容包括：（1）杀生害命之罪，杀鸡杀鸭也是杀生，所以此罪是人人有之；（2）邪言妄语之罪；（3）不爱老少，有邪恶念头之罪。赎清了这些一般的罪，就来到“血河”，“血河”又叫“鬼门关”，是最难过的一关，有照明灯照出每个人的罪恶，手持钢叉铁锤的阎罗面目狰狞，门上贴着一副对联，上书“行善得出幽冥界，作恶难过鬼门关”。人人在此磕头求告，顺利通过的人都长舒一口气，证明此生罪孽已经洗清。过了“血河”，就来到“冥河”，“冥河”之水清澈无比，是清洗罪孽的水。过了冥河，就完成了“过河”的一切程序，功德圆满了。13年一轮的“千人过河”会意义非同小可，它是把还活着的人置入一个想像中的阴间神判世界。在这一烦琐而隆重的仪式活动中，“长舌妇”代表着那种心术不正、搬弄是非、挑拨离间、影响团结的罪恶，而团结对于屯堡人来说，是这个群落能否在他乡生存下去的关键。如果内部不团结，要么自行毁灭，要么被人攻破，是万万行不得的。这样，每逢13年一次，全体屯堡人，特别是女人的群落团结意识的教育活动，就关系着屯堡人的生存。对长舌妇的惩罚和唾弃，经历十八层地狱的亲历性行为，使人人都学会了怎样做一个合格的屯堡人，怎样遵守规矩制度以及伦理道德。

蟠桃盛会

每年农历三月初三蟠桃会，是屯堡女人又一个重要的日子。2000年的蟠桃会由六位老户头宋毛氏（83岁）、张冯氏（82岁）、何汪氏（81岁）、梁杨氏（75岁）、宋黎氏（70岁）、宋张氏（62岁）牵头举办。宋毛氏是老户头之首，她原先是天龙镇毛家屯人，嫁到九溪宋家已近70年了。她有三个儿子，两个女儿，大儿子今年67岁，重孙子已经上中学了。蟠桃会一切都要按古制进行，消息很早就发布出去了，周围方圆几十里外有很多女人来参加。她们相信，只要心诚，得吃蟠桃，没有孩子的会身怀有孕，有子有女的会有财有福，无病无灾。即使不求子女的，也会吉祥顺心。

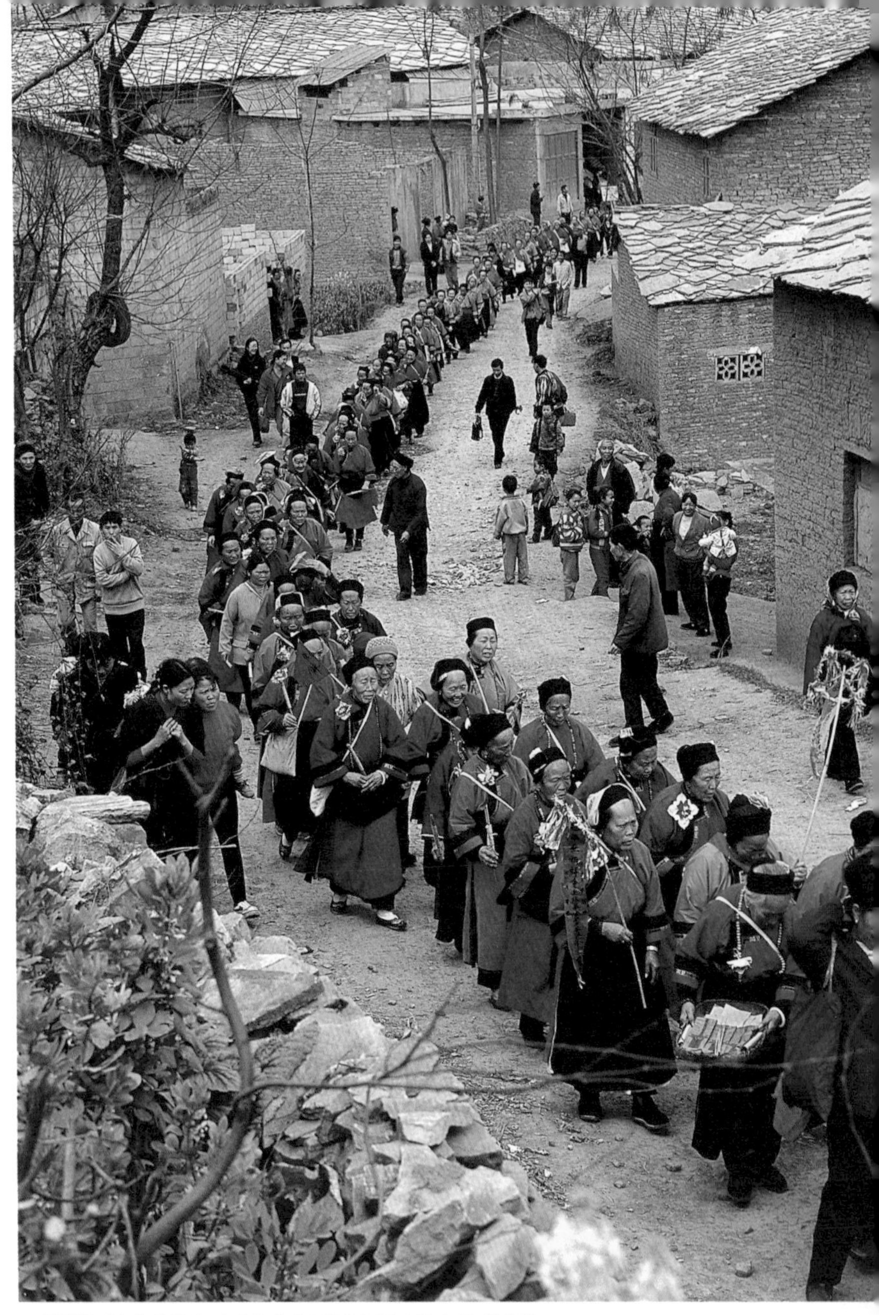

▲ 赴蟠桃盛会的路很长，女人们在法师带领下边走边念经、唱佛歌。

今年九溪的蟠桃会来了五六百妇女，加上看热闹的，足有两三千人。蟠桃会的地点设在九溪大堡的汪公庙里，人们在寺庙院子的中央栽下一棵桃树，桃树上挂满了糯米面做的蟠桃，足有几百个，全都染上了鲜红的颜色。树下供奉着玉皇大帝和王母娘娘以及金童玉女。女人们先要在庙里的住持师父那里花1元钱买张门票，然后等待师父点名，待拿到师父给的一张画着王母娘娘画像的黄票才能持票入座，那黄票上写着："某年某月某日某地蟠桃会。"这张"黄票"必须插在头上，以便让把守各条道路关隘的老户头们验明登记。到整个蟠桃会结束之后，太婆们才把"黄票"从头上摘下来，细心地存放到自己的"引袋"里。"引袋"是用色彩鲜亮的黄色土布做的，它是屯堡女人参加佛会时必备的背包，包里装着每一次朝山拜佛的各种票证。"黄票"的多少，决定着屯堡女人将来到阴间是进天堂还是下地狱，如果活着时心诚，多买"黄票"，就可以一帆风顺进入"天堂"成仙成佛。因此，屯堡女人特别爱护"引袋"，平时藏在家里最好的衣柜或箱子里，以防鼠咬或虫蛀。她们耐心地积蓄着"黄票"，也积累着自己的希望。

赴蟠桃盛会的路很长，女人们在法师的带领下，念佛经，唱佛歌，翻过"火焰山"，跨过"瑶池"，进"玉帝殿"，到达"蟠桃园"。到了蟠桃园还不能立即摘桃，还须跟随法师，沿着一个事先画好的佛字"串佛"，由外到内，又由内到外，其间还要经过几个收费站，上香，磕头，给功德钱，还要拜观音、王母娘娘、玉皇大帝、韦驮菩萨、金童玉女、土地公公、土地婆婆等一干神仙。做完千秋功德，这才到得树下。法师请示玉帝、王母、观音、韦驮、金童、玉女、土地之后，亲自爬上蟠桃树，摘下那神圣的"头桃"、"二桃"……交予企盼已久的女人们。

"摘桃"很讲究，谁出的钱多，谁就可以优先摘，人人都想摘"头桃"，"头桃"最灵验，据说以前那些摘得"头桃"、"二桃"的女人都已经喜得贵子。去年，大堡的张仲明捐了1000元，得摘"头桃"，其次是小堡的梁文真捐

▲ 蟠桃盛会上供着观音、王母娘娘，还有满树待摘的“蟠桃”。
▼ “摘桃”很讲究，谁出的钱多，谁就可以优先摘，摘得头桃、二桃、三桃，许的愿就最灵验。

了500元，得摘“二桃”，曾红妹得摘“三桃”……桃子摘到第五个之后，就不再分先后，妇女们一拥而上，你争我抢，顷刻间，满树桃子被摘了个精光。摘到的人洋洋得意，没摘到的会有几分失望，这就是“蟠桃会”的“伟大”意义啦。

持守着600年历史记忆的屯堡人，怀揣着对故乡的思念，在黔中高原广阔的山川平坝上勤奋地建设自己的家园，生活就这样丰丰满满虔虔诚诚忙忙碌碌自自在在地悄然走过了600年。

风雨碉楼

撰文、摄影／余沛连

开平乡村的四野，碉楼林立。1800多座保存完好的碉楼，是开平侨乡的一部历史，一本浓缩的华侨史，它们见证了一个多世纪以来开平的风雨沧桑。

“卖猪仔”的淘金路

开平地处珠江三角洲西南部的低山丘陵地带，这里水网交错，气候温和。放眼望去，广袤的田野上一座座欧洲古典建筑风格的小楼，与中国南方农村的传统土屋交错在一起，成了中国绝无仅有的乡间景色。

最早的欧式碉楼在这里已有百余年的历史，它们的主人是一些早年远渡重洋到美国卖苦力的打工仔，开平人称他们为“金山伯”或是“花旗客”。因为旧时的人，把到美国称作“去金山”或者“去花旗”。那些出过洋的人被家乡人称为“金山伯”，还有一层意思，那就是金钱和富有。但是，只有归来的“金山伯”知道，为这份血汗钱他们付出的是什么样的代价。

开平有史记载最早漂洋过海到“花旗”的，是道光十九年（1839年）塘口区塘口村农民谢社得，他在香港卖身当“苦力”，被贩运到美洲做苦役。开平人也许是由此开始了旅美的历史。

鸦片战争以后，清廷日益腐败，社会动荡不安，加上客家人和土著人的械斗，很多人被迫漂洋过海去到异国他乡做牛做马，谋求出路。那个年代，正值美国西部发现金矿，华人作为劳工涌向那里。19世纪中叶，美国开始大规模开发西部地区，1862年美国国会通过了《太平洋铁路法案》，决定修筑一条横贯大陆的太平洋铁路。这条铁路全程2880公里，7年内完工，需要大量的工人，于是铁路公司通过美国“六大公司”，到南中国寻找“契约华工”到美国做劳

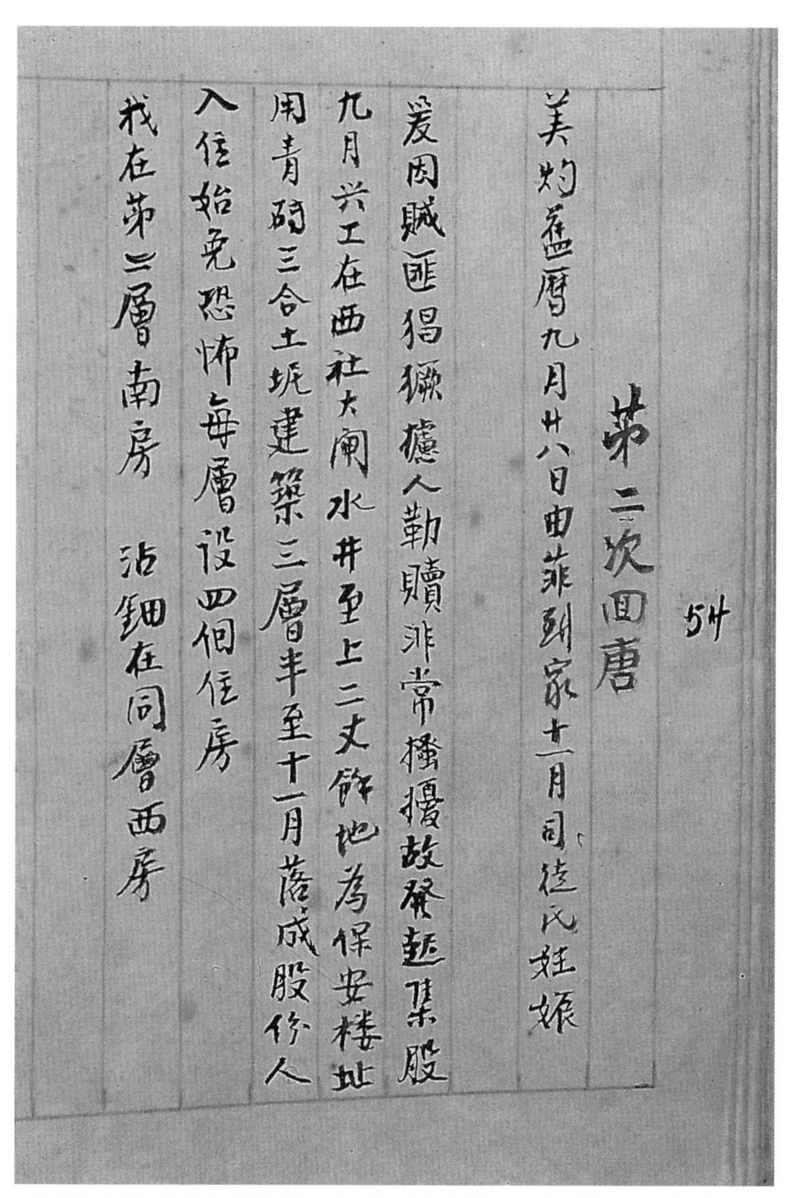
第二次回唐

美灼舊曆九月廿八日由菲到家十一月司徒氏娃娘

爰因賊匪猖獗擾人勒贖非常擾攘故發起集股

九月兴工在西社大閘水井至上二丈餘地爲保安樓址

用青磚三合土坭建築三層半至十一月落成股份人

入住始免恐怖每層設四個住房

我在第二層南房　沾鈿在同層西房

▲ 出洋的人历尽千辛万苦，省下几个钱，想的是回唐山完成"田、园、庐、墓"的梦想。美灼庐保存的这一纸文书，记录了美灼公回国建家园的经历。

▲ 直至今天，大多数仍有人住的碉楼内，都挂着当年出洋谋生并在乡下兴建碉楼的先人们的肖像。
▼ 当年的"金山伯"就是用这样的箱子装行李还乡和出洋的，俗称"金山箱"。

工。当年的广东华侨称这些人为“卖猪仔”，因为签约的人一旦签署“契约”，就永无反悔，形同卖身，好像“卖出的猪仔”，所以俗称契约为“猪仔纸”、“卖猪仔”。

当年，开平、台山两地应招前去的人最多，不少贫苦农民，变卖家产，几经周折买来“猪仔纸”，以生命作为赌注，希望博个“好彩数”。一位姓梅的农民，在家以挑盐为生计，终日辛劳，为寻生机，卖掉了家里的唯一值钱的老母猪，换来30“双毫”，以28块“双毫”买了一张“猪仔纸”，踏上了去“金山”的路途。然而“金山”的路途并不好走，孙中山的同乡容闳先生在他的著作《西学东渐记》中写道：“当1855年，余初次归国，甫抵澳门时，第一遇见之事，即为无数华人，以辫相连，结成一串，牵往囚室，其一种奴隶牛马之惨状……”当时承载“猪仔”出洋用的是一种被称作“牛鼓桶”的木船，船头的两侧有两个孔，因此也叫“大眼鸡”，原来这些船是在近海打鱼用的，后来用到了越洋，其危险程度可想而知。船上的“猪仔”全部被囚禁在舱底，里面又黑又闷热，上船的时候每人发一个小铁罐，用作盛水。“大眼鸡”木船在汪洋大海里颠簸摇晃，“猪仔”们到处翻滚，有的忍受不了晕船，在舱里面呕吐，加上在里面大小便，臭气熏天，生存条件极为恶劣。《广东华侨史话》有这样一段记载：“那时从香港乘船到旧金山，要一个多月。这样长时间的折磨，往往一百个人中，有时竟死去三四十个人。有一次船到旧金山港口，船员打开舱盖，突然一股臭气从舱底直冲上来，七八个满面污血的华工，横七竖八地躺着，尸体已经腐烂。”幸存的“猪仔”在到达目的地的时候，轻者生疮生癞，重者奄奄一息。

前往“金山”淘金的路途，充满了艰辛和苦难。

“猪仔”们到了美国、加拿大，先加入开金矿，后来加入修铁路，他们披荆斩棘，凿石开山，每天工作12小时以上，挨尽人间千辛万苦。不少人在异国他乡劳累过度而死，也有人不堪虐待自杀身亡。

从1905年起，在三藩市渔人码头外的一个小岛，兴建了一座移民站，凡是入境的华人都扣留于此，接受用硫磺水熏浴、脱光身子检查、囚禁等非人待遇。1970年，加州政府在拆建该岛建筑时发现屋里墙上有当年华人写的诗句，据说有几百首，在当地华人的力争下被保存下来，其中有一首这样写道：

噩耗传耳实可哀，
吊君何日裹尸回？
无能瞑目凭谁诉，
有识应知悔此来。
千古怀愁千古恨，
思乡空对望乡台。
未酬壮志埋抔土，
知你雄心死不灰。

这首诗的末尾有一段注释，是诗作者在听到同胞病死或自杀后所写。

据记载，1930年至1940年间，在美华侨约为12万人，几乎全数为广东籍，其中大半属恩平、台山、开平、新会之四邑人，其中台山人占半数。

能够顺利到达美国的人已经够幸运的了，能在其后的劳作中挨过来的，就更加不易了。 因此，他们在海外做牛做马，尝尽人间千辛万苦，就为了攒下几个钱，将来“富贵”返“唐山”，完成“田、园、庐、墓”的梦想，也好让老了有个“终”。所以，“金山伯”克勤克俭，勒紧腰带熬日子，把从口里抠出来的“血汗钱”寄回乡下，买地置业，让父母和老婆孩子过上好日子。他们用自己的血汗和生命使得19世纪末20世纪初的开平，形成了“温饱可安”的侨乡。

开平乡间的准“巴洛克建筑”

在开平的乡间，碉楼数量众多，有的一村一座，有的一村十几座，而且风格各异，少有相同的，让人宛如置身于欧洲的原野。但是，中国的古建筑学家多次到开平考察，却无法说清楚它们属于什么风格，或什么流派，只能说，开平碉楼大体上是“折中的巴洛克的建筑风格”，因为除了有中国传统的碉堡格局外，还搀杂着古希腊罗马风格，甚至中世纪欧洲风格和伊斯兰风格。

巴洛克建筑风格是在意大利文艺复兴建筑的基础上发展起来的建筑和装饰风格，追求华丽的不寻常的效果，对城市、广场和园林艺术发生了重要影响，从罗马发端后，流行于欧洲，并传到美洲。当年，富丽堂皇的、炫耀着财富和神秘感的巴洛克教堂一定给来自南中国的打工仔们深刻的印象。今天，我们已

▲ 罗马柱的柱头装饰着精美的卷草旋花，呈现明显的巴洛克风格。
▶ 许多碉楼都采用了古罗马式的拱券，出色的拱券结构呈现了无比的宏伟壮丽。

经无法得知他们当年的想法，揣着辛辛苦苦攒下来的血汗钱，他们为什么没想着要建一座中国传统的雕梁画栋的四合大院，而选择了榨尽他们血汗的侨居国的建筑样式。又是谁第一个把这个出人意料的想法带回了大洋彼岸的家乡？

有一个谜至今困扰着所有到开平的来访者：这些风格不尽一致的碉楼是怎么建造出来的？为什么找不到一份当年的图纸？绝大多数“金山伯”、“卖猪仔”出洋，都没有受过教育，他们不可能画了图纸带回来。有人说，是当年的老华侨手执手杖在地上、墙面比比划划地画出来的。盖房子是中国人天生的才能，何况他们也请不起“洋测师”（外国建筑师）设计，他们带回来的只是居住国的某些印象，只能边施工边指导工匠建造他们的理想家园。也有人说，的确是依样画葫芦画回来的，虾村的村民说，他们的开村祖先就是按照荷兰的建筑风格来建造的楼房。

开平华侨不论建碉楼或造民居，都喜欢在大门上或室内的墙壁上画一些壁画。通常这些壁画是山水画，但与传统的山水画不同的是，山野之中屹立着一座座有圆拱有罗马柱的洋楼；同时，水面上还有正在行驶的“火船”。它们是“金山伯”们富贵还乡建造新屋时，就画在墙壁上的。笔者在塘口的民宅里面拍摄古老的壁画时恍然大悟：“图纸”有的是，除了有正规的建筑立面图外，还有现在还在使用的“效果图”，这些不就是碉楼的“效果图纸”吗？原来，碉楼的图纸就在墙壁上。

但是，长期在乡下的画匠对外国建筑的认识从何而来？有人告诉我，过去有一种彩色图片，“金山伯”叫“普市卡”，就是明信片，乡民叫做“公仔纸”；还有一种叫“镜画”的彩图，印有世界各地的风光，还有不同国家的建筑，它们是在国外的劳工寄回家乡的。我们在塘口的一户人家中就见到了一张1932年间三藩市的“金门桥”镜画。那些从未出过洋的乡间画匠，可以通过这些彩图绘制壁画，或许也就为后人留下建造蓝图。

因为记忆的误差以及功能的不同，由劳工们带回家乡的巴洛克建筑不可避

▲ 那些从未出过洋的工匠们，就是参考那些画片在碉楼里画出异国情调的壁画。
▼ 许多碉楼并无设计图纸，凭的是这些在海外携回来的明信片和画片，仿造出形态各异的碉楼。

▲ 塘口一户人家中保存了这幅1932年得到的三藩市金门大桥镜画。

免地走样了。在欧洲巴洛克风格的建筑多用于教堂、园林和广场，被中国劳工移植到家乡后，他们不得不考虑实用的功能。

在开平，人们管碉楼叫做“炮楼”，源自开平人把“枪”说成“炮”，“炮楼”就是打枪的楼。实际上，开平最早的碉楼是用于“防涝”，开平县地方志记载，开平人于清朝初年开始建筑碉楼，作为防涝之用。每当洪水袭来，“村人登楼全活”。 此外，清末到民国初年，是开平“兵贼如毛”的时代，军阀割据，战乱频繁，开平因水陆交通方便，侨眷和归侨生活比较优裕，故土匪多集中在这一带作案。他们掳掠财物，还掳人勒赎。杀人掠财绑架勒索的记载不胜枚举。因此，“金山伯”回乡建造碉楼，都要考虑兼有居住和防范匪患的功能。

因此，开平碉楼便成了中国式的碉堡和欧洲古典建筑的结合，“金山伯”

们的记忆力和土生土长的工匠们想像力的结合物。这种拼凑的、不确定的、奇异的建筑风格至今困扰着“金山伯”的后代们，让他们无法在英文翻译中找到合适的字眼，经多方专家和联合国世界文化遗产权威人士商定，最后直译为汉语的音译Kai Ping Diao Lou，因为你无法在世界上的任何地方找到与“开平碉楼”对应的建筑样式，历史上没有，今后也不可能再出现，它只能成为一个专有名词。

当然，有的碉楼的确是由有名有姓的设计师设计的。经过几十年的打拼，到了20世纪初，在海外谋生的华人已不全是卖苦力的“猪仔”，他们挣下了一份家业，按照中国人自古以来的传统——只要有了钱，就要让子女受教育。他们的下一代大多都有了文化和学识。塘口镇潭溪的宝树楼祠堂，在1921年重修时，后半部高楼就是由谢济众在原来“二进式”的祠堂基础上仿欧洲城堡设计的。谢济众是旅居澳大利亚的建筑师。

碉楼有自己的施工方法。碉楼建造者很早就接受西方建筑技术，20世纪20年代初就开始使用“钢筋混凝土”技术，在当时称为“捣红毛泥石屎”，“红毛”指的是英国。所有材料要从国外进口，此外，拱顶、拱券、罗马柱等部位的高难度施工，牵涉到的力学结构计算、扎架、扎棚、模板、支撑等复杂工艺，都与中国农村传统建筑不一样。

碉楼基础分两类：一是打木桩，搭起棚架，打大锤的人站在高台上，抡起大木锤把一根根两丈长的杉木桩打到地下，打到一定的硬度时，改为三人操作的“三星锤”来打；在三江、平原等地的冲积平原上，地基比较软，要采用“睡桩”的方法：挖开地面，把木桩一排排地平放，若干层互相交错，固定后在上面施工。

墙体结构因地制宜，气候干燥的丘陵地区采用夯土墙，用山泥、石灰、红糖等混合沤制“三合土”。施工时加水成泥浆，捣入夹板间，用木桩舂实。“三合土”干燥定型后，非常坚固，不易风化。砖墙有青、红两色，有一些用红砖砌墙

▲ 碉楼的建造者们接受了西方建筑技术，又巧妙结合了中国南方的传统技术，造出的碉楼非常坚固，历百年而不衰。
▼ 绝大部分碉楼的墙体上都装饰有精美的浮雕。

建造，墙身厚度近1米，历经百余年而不衰。青砖从楼岗购买，楼岗自同治年间就是最大的青砖生产地。

绝大部分碉楼的墙体都装饰有精美的浮雕。有精美的巴洛克风格的卷草、茵卷、花卉和刻着经纬线的地球仪，也有中国民间传统的喜鹊报喜、松鹤长青、春兰秋菊、山水小桥等乡野山村的风俗情景。在罗马柱的拱券上装饰着凤凰、蝙蝠和麒麟，难怪建筑学家无法为开平碉楼的建筑风格分类。

▲ 瑞石楼是开平碉楼中最华丽最宏伟的一座。楼高9层，第7层有28个罗马式拱券组成的回廊，第8层四角上有4个穹顶结构的堡垒，顶层是穹顶圆形阁楼，远远望去，4个小拱顶托着1个大拱顶，显得非常气派。

碉楼的精彩之处还在它的顶部，千变万化，没有一间相同。专家说，顶部的装饰风格更是复杂得无法归类，典型的有中国传统的硬山顶式、中西合璧式、古罗马式、欧洲中世纪城堡式和土耳其伊斯兰式等。

赤坎——古老的小镇

赤坎，建埠于清康熙元年间（1662年），地处开平的中心地带，面积1.5平方公里，现有人口约5万，20世纪50年代曾是开平的经济文化中心。潭江从小

◀ 开平碉楼融合了欧洲各国和中国的不同建筑风格，形形色色，千姿百态。

▲ 赤坎的街道两旁杂陈着古旧的商铺、房屋和市集，穿行其间仿佛走过时光隧道。

▼ 弹丸之地的赤坎，就有两座钟楼；它们又分别是关族和司徒氏民间图书馆，显出这小镇浓浓的文化气息。

镇流过，上接恩平、湛江，下汇三埠、江门、广州和港澳，是一个便利的交通枢纽。上世纪初叶，这里人口稠密，经济活跃，还因为这里早年就有人漂洋过海。法国人魏畅茂早在光绪二十三年（1897年）就来到赤坎，开办天主教堂。

赤坎有一条美丽的小河，把小镇一分为二，弯弯的河道清波流淌，清晨，太阳在云中闪烁，不时撒落金色的清辉，小河的水面平静如镜，远处渔舟划过，荡碎河面上金色楼群的倒影。

穿行于赤坎的街道，犹如走进时光隧道，这里有古旧的商铺、房屋、市集。在上埠的古老街道，有一间古老的“华新”茶楼，以前这里非常繁华，茶客云集。现今 “华新”茶楼依旧，只是风光不再，街边早成了小贩卖菜、卖烧腊、吃小吃的地方。我还清晰地记得小时候听老人说，这间茶楼里的堂倌冲茶的“绝活”，因为到这里饮茶的人很多，茶桌往往被茶客围集得水泄不通，冲茶的堂倌手擎长嘴的热水壶，能在茶客的头顶上，把滚烫的开水由水壶里使劲一冲，使开水形成一道水柱，越过茶客们的头顶，准确无误地落到茶桌上的茶壶里，快满的时候，堂倌又使劲地把壶往后一收，水柱又乖乖地被收回，不漏半滴。

流连于中华路的河畔长堤上，有一排高低错落、西洋风味的街道和昔日的繁华商铺，到处是古老而浪漫的的欧洲式建筑，小巷尽头是一座高耸的碉楼。这里的楼宇，现在已显得破旧，墙壁斑驳，但时光流逝的痕迹明显地记录在上面。这些楼宇和其他的碉楼一样，有精美的浮雕，有气势不凡的拱券，楼顶上的“大宝号”、“惠安和”、“灿兴庐”清晰可见，有的还有“1927”的字样。

赤坎虽是小镇，但出了不少英才，并充满了浓浓的文化气氛。20世纪20年代，弹丸之地的赤坎就有关族和司徒氏两间民办图书馆，开平的最高学府“开平一中”也在此地。现在，两个图书馆的藏书和藏画都非常丰富，关金鳌、关墨园把自己一大批的作品捐赠给关族图书馆；而在司徒氏图书馆的大厅里，就有岭南画派大师司徒奇及著名油画家司徒乔、司徒绵等名家的美术作品。

▲ 一条小河平静地流过赤坎古镇，把街上美丽的小楼群映入水中，此情此景真有时光倒流之感。

▲ 塘口镇的碉楼总数达500多座，是整个开平碉楼最多的地方，这小小的自力村就耸立着13座碉楼。
▶ 自力村的碉楼群经过了漫长岁月和时代更迭的风雨，依然安然无恙地矗立着。

这两间民办的图书馆，最有气势的莫过于楼顶上的两座大钟楼。试想，偌大的广州，才有海关一座大钟楼，而在弹丸之地的赤坎，居然有两座。关族图书馆建馆于1931年，大钟从德国购进，使用状况一直良好，抗战时期都没有停走，“文化大革命”时期停顿了下来。1982年复馆后，停顿的大钟又开始启动，一直到现在，几十年下来都不需维修。司徒氏通俗图书馆1925年建成，楼顶的大钟从美国波士顿购入，一直使用至今。每当钟点一到，清脆雄浑的钟声回荡在赤坎小镇的上空。

有多少座碉楼就有多少个故事

自力村

从塘口圩沿着一条弯弯曲曲的小道西行，不久就到达自力村。这是一个宁静而朴实的小乡村，13座碉楼拔地而起，在乡野中巍然耸立。

自力村旧称合安里，别称黄泥岭，有60余户人家。村里的老人回忆，是清朝末年发大洪涝后建村的。相传此地是旺地，从美国、加拿大、菲律宾、斐济、泰国回来的华侨都在此买地建楼。民国十年前后，陆续建起了这13座碉楼。

说来也巧，自力村的碉楼群，历经多次“风雨”，竟然安然无恙。大跃进时，开平好多地区的铁门、铁柱、铁窗的金属都给拿去“大炼钢铁”，自力村碉楼的铁门、铁闸也遭破坏，但是由于大门没能打开，所以楼里的铁窗、铁窗柱等钢铁结构件都是好端端的；“文化大革命”时“破旧立新”，居然没想到去破坏碉楼上那精美的浮雕花纹。如今，前门上的老鹰依然栩栩如生，墙头上的“雀梅报春”依旧年年报春，农户家中涂金的神台如今还金碧辉煌，香火鼎盛，那块与“以阶级斗争为纲”对着干的“只谈风月”横匾依然健在。自力村的碉楼群，好像在时光隧道的真空中，以本来的、质朴的面貌向世人展示她的风采。

云幻楼

在自力村的众多的碉楼中，最有文化气息的是“云幻楼”。楼顶的大厅里有楼主人大字书写的横匾“只谈风月”。“云幻楼”这名字已经是够浪漫的了，还要在“云端”谈论“风花雪月”。然而，楼主人方文闲早年的生活一点儿都不浪漫，他是从贫穷和困苦中挣扎出来的。早年，他做过私塾先生，生有三个仔，曾为生活所逼，在家里养母猪，由于身体不好，喂猪都要跪在地上。当外母来了，妻子要到邻居家借衣服穿，借米做饭招待母亲。后来方文闲想方设法漂洋过海到了“州府”（菲律宾），在那里历经辛苦，开办了一间“裕生源”商行，因为经营有方，除了棺材不卖什么都卖，生意做得很红火。

有钱后的方文闲，首先就想给老婆在香港买楼，此前，他多次听到老婆的抱怨，说要躲避洪涝又要躲劫贼，缠脚女人连上厕所都不方便。但他老婆执意要在家乡盖楼，否则哪儿都不去。方文闲拿她没法，就赌气地说，盖就盖，以后你老背着间楼去行乞可别找我说。就这样，“云幻楼”建造起来了。

方文闲建造他的豪宅花尽心计，除了沙、石以外，几乎所有的材料都是从国

▲ 云幻楼经历了许多风云变幻，仍巍然兀立，把它的传奇故事留给后世。

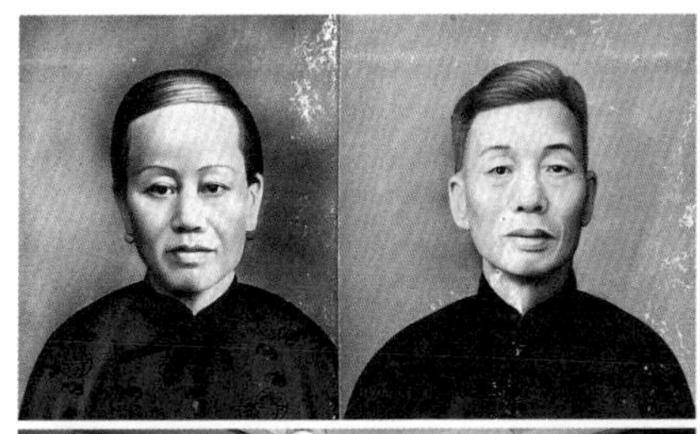

▲ 云幻楼内仍挂着楼主方文闲伉俪的肖像。
▼ 厅堂的陈设是中式的。
▶ 云幻楼主人方文闲是一介书生，现在楼内珍藏着他题刻的木刻条幅长联，道出了他一生的辛酸经历。

外进口，现在楼顶上还保留当年建楼时进口的“红毛泥”桶。厅堂里的摆设是中式的风格，原来有一排雕龙刻凤的屏风，但是现在已经残破，摆在一旁。在楼顶的破烂木堆中，我们找出一副当年“云幻楼”的对联，两块木板有约1.8米，阴刻、靛蓝色的字迹潇洒飘逸：

云龙风虎际会常怀怎奈壮志莫酬只赢得湖海生涯空山紫月

幻影昙花身世如梦何妨豪情自放无负此阳春烟景大块文章

方文闲是一介书生，对诗词歌赋有较高的造诣，字里行间可以感受到方文闲一生辛酸的经历。

▲ 谢美灼的外孙关先生燃点一大串鞭炮，以示决心实现外公的心愿。

► 美灼公的后人回到了美灼庐，他们修路、整地、挖鱼塘、养鸡鸭、种果树，重新振兴祖业。

美灼庐

在塘口镇的谭溪，有一个朴实无华的小村，村名叫谭村，但村民都姓谢。村外有一座小山，当地人叫“鹅公山”，山顶上有一座小洋楼，名叫“美灼庐”。“美灼庐”的主人为谢沾濂，号美灼，是位菲律宾的归侨。

“美灼庐”是一间两层半的小洋楼，是美灼公在民国十九年所建造。“美灼庐”不大，建筑面积大概70平方米。门前有一个开放式的前庭，像美国普通民居的Deck，中间和两旁是圆柱和拱券，所有的窗户都是两层，外窗是铁，里窗是柚木做的。楼顶上写有“美灼庐”三个灰雕大字。村里的老人说，美灼公是一个非常慈祥的人，他回国后，见到村里没有学校，就自任教师，免费教小孩读书。

美灼公是一个知书识墨而且很心细的人，他在菲律宾的时候，经历了第二次世界大战，目睹了日本人在菲律宾的横行霸道、惨无人道的侵略行为。在

“走日本”的劫难中，和亲人历尽艰辛，险遭毒手。后来他亲手写下一本《菲律宾蒙难记》的章回纪实长篇小说。

谢美灼在“美灼庐”经历了他最美好的时光，他在这里结婚，从这里出洋到菲律宾，在这里栽种荔枝、龙眼、杨桃和红杏。他的孙女回忆说，那时候真的有好多水果吃，那些番石榴吃不完，还挑着到村子里去卖呢。那些龙眼树，已经长到双手合抱般粗。

他也在这里经历了最痛苦的年代。多次的政治运动打碎了这位慈善的老华侨的美梦。“土改”没收了鹅公山周围的土地，“文化大革命”时期，铺天盖地的阶级斗争，“砍资本主义尾巴”把所有的果树砍掉。晚年的他常常站在“美灼庐”的楼顶上，遥望小山四周，想着重新拥有“鹅公山”，在小水塘养鱼，小山的后面搭建鸡棚养鸡，再建起一道围墙，把这些地方都围起来，山上全部种上水果。

“文革”结束后，鹅公山回到美灼公的亲属手里。此时的“美灼庐”，破旧残落，一派荒芜。为了延续老人的梦想，谢美灼的外孙——关光宗带着自己的太太、女儿回到了外公的祖居。当他们满脚泥泞踏进屋的时候，关光宗一脸激动，还燃放了一大串鞭炮。然后像小孩般地兴奋，告诉大家，我阿公和我在这里做……我阿公又和我……2001年5月，他再次回来，决心实现阿公生前的愿望。12月，首期的工程修路、整地、挖鱼塘、建鸡棚、种果树，修缮“美灼庐”已经全部完成，新种上的台湾“番石榴”已经长出拳头般的果实，2000多只的“三黄鸡”将近上市，水塘上成群的“水鸭”浮游在清波之上。

加拿大村

赤坎镇五龙管区虾村，被人称作“加拿大村”，因为村里的人大多数都移居加拿大。

前去“加拿大村”，只有乡间的机耕路可走。穿过古老的村庄，便可见异

▲ 村庄里的每一座碉楼都有自己的故事。

国风情的侨乡民居，让人觉得时光倒退了几十年。走进加拿大村，“四豪楼”高高地耸立，两排精致美丽的小洋房在早晨的阳光下显得格外神气。

四豪楼是一座五层高的碉楼，楼顶上各建有一个朝外封闭的碉堡，显得威武森严。登高望远，乡邻之间，此楼成为唯一的制高点，大有“保一方平安”的气概。

这个村子，于民国十二年立村，由关国豪、关国安、关华德、关崇俊四人合资兴建，碉楼亦然，由于四人合建，楼名故称“四豪楼”。目前，除了关华德之子关新森一家人在此居住，其他三家的后裔已全部移居加拿大。当年关华

▲ 加拿大村的四豪楼，由关姓四人合资兴建；楼顶四角各建一座向外封闭的碉堡，显得威武森严。

德结婚以后，族里需要他留守香港，专门招待“出洋”或回“唐山”的家乡人，所以他经营一间有30个床位的庄口——旅店客栈。

由于在村上居住的只有他一家人，关华德自然而然地成为了“村长”和“四豪楼”的楼长。他身体高大结实，勤劳而且心胸豁达，育有两男一女。1989年前，在家养鸡创业，收入甚丰。后因市场急跌，他养鸡养鹅，引进广西的“草菇”种植，填平了债款。2001年，他又在家门口的田地上搭起草棚，培植香菇，旁边还种木瓜，这块地给他带来5万块钱的收入。

他的大儿子关新森一家就住在村口一幢两层青砖木结构的小洋楼。地下的

▲ 四豪楼楼主的后代住在这座小洋楼内，厅堂正面墙上的三个拱券分别供着祖先的神位，寄托着慎终追远之情。

▶ 在西洋风格的建筑内，家具用品却是古色古香的中国传统样式。

大厅正面是祭祖的神台，三个拱券分别供奉着祖先的神位，左面墙上有祖父、祖母、父亲、母亲的画像。二楼是木地板、木天花，家具古色古香，还有镂空雕花的精致大床，家里遍布老古董。他老婆手捧着古老的花瓶说，曾有人出价2000块钱收购，但是再穷也不能卖祖先的物品。

南楼——抗日救国的历史丰碑

南楼，从外表上看平凡得不能再平凡了，而它是侨乡人民抗日救国的一座纪念碑。1945年7月17日，日寇投降前夕，抗日七壮士以南楼为据点，英勇抗击日寇，受敌围困，最后弹绝粮尽，英勇就义。

南楼的下部是混凝土墙，上部是砖墙，由于墙体极厚，鬼子用炮也没能把它轰开，最后是使用催泪弹，才攻下南楼。敌人残忍地杀害了七壮士，并将烈士的遗体肢解了抛入江中。1945年8月25日，在抗日战争胜利后，开平四乡的民众及各界人士缅怀南楼七烈士的壮举，在开平一中召开追悼大会，参加者数万人。在追悼会上，泣声动地，人们列队护灵至腾蛟庙，将烈士的灵位安放在三灵宫，并将三灵宫易名为“七烈祠”。

司徒程南君特邀从化文豪张镜藜先生撰写碑文。张镜藜先生深入访问乡民，亲临南楼实地考证，激动之余，挥毫写下洋洋千言，字里行间壮怀激烈，

▲ 南楼的外表虽然平凡，却有过惊天地泣鬼神的历史，成为抗日救国的一座纪念碑。

让人悲从中来。

南楼的故事就像它前面的江水，日夜不停地吟唱着悲壮的歌。

1999年，开平市人民政府筹资300万元，把南楼建成了“南楼纪念公园”，加建了纪念馆、牌楼、南楼七烈士群雕等等，让人们永远铭记这一段侨乡儿女抗击日寇、保家卫国的光辉历史。

“金山伯”们把异国他乡的建筑艺术与家乡的传统炮楼相嫁接而成的奇异碉楼，寄托着对故乡、亲人和侨居地的复杂情怀。这是他们“落叶归根”的蔽所，是对家中父母妻儿的报效，也是他们在历尽艰辛后终可“富贵还乡”的重要象征。

开平地理

开平建县于清顺治六年(1649年)，因接壤新会、恩平、新兴、台山，历史上曾是“四不管”的地方，盗寇群集，民生不安，故建郡县时命名为“开平”，意思是“开通平定”之意。清代隶属肇庆府。

开平市位于广东省的中南部珠江三角洲，面积1659平方公里，总人口65万，有海外华侨港澳台同胞约70万多人。东南距广州100多公里，东北距江门市不足50公里，东接新会，北接鹤山，南合台山，西靠恩平、新兴，有“六都锁钥”之称。地理为丘陵结构，南、北、西部为低山丘陵状，中部属丘陵平原，地势走向东南倾斜。平原地带地势平缓，水网交错，有潭江衔接珠江流向南中国海。气候属南亚热带季风气候，所以气候温和，雨量充沛，土地肥沃，物产丰富。

三埠是开平市的经济文化中心，由长沙、新昌、荻海三个半岛组成，潭江在市中贯穿而过，使三埠倚江而立。

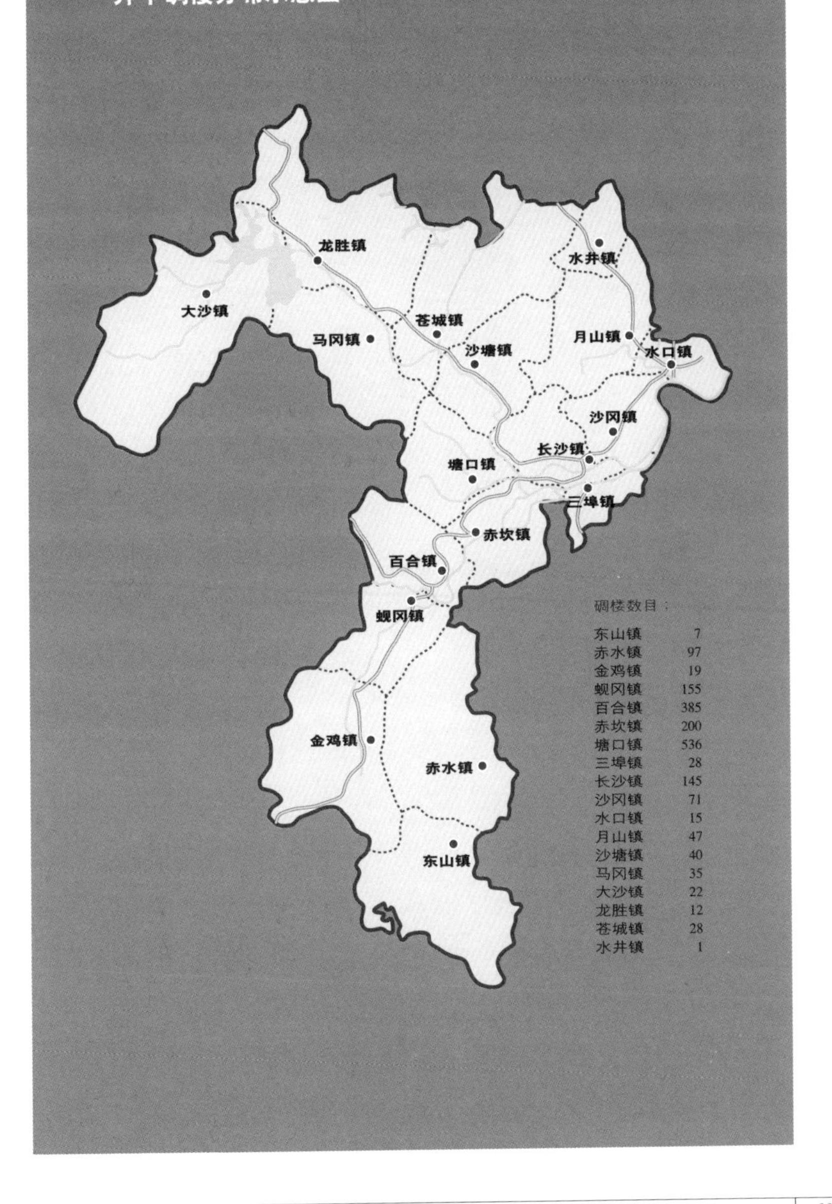
开平碉楼分布示意图
龙胜镇
大沙镇
马冈镇
苍城镇
沙塘镇
水井镇
月山镇
水口镇
沙冈镇
长沙镇
塘口镇
三埠镇
赤坎镇
百合镇
蚬冈镇
金鸡镇
赤水镇
东山镇
碉楼数目：
东山镇 7
赤水镇 97
金鸡镇 19
蚬冈镇 155
百合镇 385
赤坎镇 200
塘口镇 536
三埠镇 28
长沙镇 145
沙冈镇 71
水口镇 15
月山镇 47
沙塘镇 40
马冈镇 35
大沙镇 22
龙胜镇 12
苍城镇 28
水井镇 1

回到廊桥的故事

撰文／张琴　摄影／萧云集

5月，在暮春多雨的季节里，我们驱车穿行在中国浙闽交界地区的深山幽谷，追溯那里200余座美丽的古廊桥。

廊桥即有屋的桥。在中国，这样的桥分为三类：木拱桥、石拱桥和木平桥。木拱桥为浙闽山区独有，在世界桥梁史上占有重要的地位。

明朝初年，浙江省南部的泰顺县、庆元县、景宁县及福建省北部的寿宁县，合称“景泰寿宁”。这里的古廊桥各具特色，泰顺、景宁是窄桥凳，桥身侧板半封闭；庆元、寿宁是宽桥凳，可坐可卧，侧板全封闭，上开小窗以采光。

泰顺古桥边的老阿婆

泰顺在浙江温州的东南方向，境内多山，多溪流，典籍中曾记载过900多座各式桥梁。在现存的30多座明清古廊桥中，有6座木拱桥。木拱桥在民间呼为“蜈蚣桥”，其中以溪东桥名冠“景泰寿宁”四县古廊桥之首。溪东桥和北涧桥同在泗溪，乡人称作“姐妹桥”。在北涧桥西面的廊屋里，81岁的老婆婆坐在窗前，瘪着嘴朝我们微微一笑。我们讲温州话，阿婆讲泰顺话，有一搭没一搭地聊着。

◀ 与如龙桥遥遥相对的来凤桥。

阿婆名叫翁春娥，娘家是筱村的地主，18岁嫁到泗溪汤家。泗溪是泰顺重镇，历来经济发达。公公汤一清头脑活络，看中了北涧桥边的旺铺，一口气买下3间廊屋。泰顺的廊桥，如建在荒僻山野，就是来往路人歇脚避雨之所；如建在村中、镇上，就会成为该地的中心，紧挨廊桥而盖的廊屋，便是当地的黄金店铺。每天天刚发亮，汤家的大门板一字儿铺开，开始了一天的买卖。有红糖啊，生姜啊，大多是南北干货。小媳妇翁春娥当柜而坐，花朵般地惹人眼热。“生意好兮好啊，”回忆起来，阿婆仍是一脸的甜蜜，“来来往往的人都打这儿过，桥两边开满了店。”过大年时，镇上请来木偶戏班，在廊桥上开唱。阿婆独上高楼，躲在廊屋的第3层小阁楼里，撩开窗边老树的枝叶，桥上、台上一览无余。阿婆平时不大去阁楼，因为楼上住着一名特殊的客人——地下党员陈辉。汤家的身份十分有利于隐蔽，陈辉一住3年。

上个世纪50年代，北涧桥不远处造了公路，桥上少了行人，桥边生意一落千丈。公公、丈夫相继去世，阿婆好不容易将两子一女拉扯成人。几年前，大儿子死了，小儿子生病失去劳力，只留下阿婆孤零零地守着三间破廊屋。我们告别时，阿婆送出老远，叮嘱道：“你们帮我问问陈辉，他在我家住了3年！”问阿婆是否与陈家联系过？阿婆说：汤家人几年前去温州拜望过陈辉，陈辉的眼睛看不见了。

廊桥是过山渡水的要津，也是地方信仰的中心。文兴桥在泰顺境内，其结构迥异于其他廊桥：左右桥身不对称。远远看去，像一只苍鹰，伸展着翅膀，左高右低地迎面扑来。廊桥正中设一神龛，山民对神仙们的“专业”并不是很清楚，但初一、十五都要来烧香磕头。

桥东有一间破砖房，雷婆婆一家住在这里，兼管文兴桥上菩萨的“香油钱”。文兴桥上祀着三尊神，雷婆婆逐一解释说：“这位是全天下归他管的大帝爷，那位是朝内不朝外的朝内爷，左边的是管地的大地爷。”供桌上摆

▲ 泰顺县泗溪溪东廊桥(又名上桥)飞檐重楼，气势壮观，是浙闽廊桥中的精品。

勤奋
求实
创新

▲ 泰顺县洲岭毓文桥

着签筒、素油瓶和香枝。一位路过的大嫂进来，焚香，磕头，然后念念有词地捧起签筒，唰、唰、唰摇出一支，拿过来问我们：“是几啊？”签上写着“廿八”，大嫂不识字。我们回答后，大嫂手指着神龛边挂着的签牌，说：“喏，那儿挂着，你们识字的，自个儿就可对出了。我们看不懂，得等有人来，问下号码，回村再请签师讲解。凑巧碰到你们这样识字很多的，就连签师都省了。”

求过签，要朝“香油箱”里丢五毛或一块钱，不给也行。雷婆婆说：“本来每个晚上都要开一次箱的，用这钱添油、添香，现在很少了，十几天开一次，也就五六十块钱。”香油钱的旺季是正月，打工的人们回来后，都要结伴来桥上烧香、磕头。雷婆婆计算过，今年正月整整收了400块。

文物部门为了保护文兴桥，雷婆婆的土砖房就要被拆除了，还不知道，到那时谁来照管这些保平安的大帝爷们。

廊桥过去式

很多人熟悉“廊桥”这个概念，是源于一本伤感的美国小说和以这部小说改编的电影。在中国，像这样有遮风挡雨功能的桥梁有各式各样的称呼。在西南，民间称风雨桥；在浙闽一带，泰顺称蜈蚣桥，寿宁称厝桥，庆元称鹊窠桥。

在学术界，廊桥的研究早在半个世纪前就开始了。1959年，罗英先生主编的《中国桥梁史料》出版。当时的学术界，包括梁思成先生都认为这种桥梁技术已经失传。70年代末，木拱桥在浙南被“发现”，茅以升先生主编的《中国古桥技术史》举泰顺的薛宅桥、庆元的竹口桥等5桥为例，证明“北宋时期盛行于中原的虹桥技术在民间并未失传”。南京大学建筑系的赵辰教授认为，木拱桥是典型的山地人居文化遗产，其建构的文化意义应该成为研究的重点：浙闽交界地区山高溪深的地理地貌导致了“行路难”，修路、铺桥，成为住地居民的基本生活需求；而当地盛产杉木，为木拱桥提供了材料来源。此外，溪边山崖是极佳的天然桥台，足以承受木拱桥产生的向桥台方向的巨大侧推力；多雨的亚热带海洋性季风气候，又在客观上要求加盖廊屋、侧板以保护桥身，又因此成为当地百姓交流、聚会的中心。他说：“木拱桥成熟的造型是由多种木构技术合成的，它和汴水虹桥究竟有什么关系？我们认为并不重要。作为人们生活必需的建构技术在中国各地的传播和交流应该有多样的可能性。”

寿宁的廊桥师傅

寿宁在福建境内，紧邻泰顺，现存有19座木拱廊桥，建桥时间分别从清乾隆、嘉庆、道光、同治、光绪直至民国年间。最晚的一座桥建于1967年，属护板全封闭。在寿宁县坑底乡，我们见到了建桥老木匠郑多金一家。

郑多金生于1928年。祖籍景宁，世代木匠。在寿宁，木匠称作大木。郑多金的父亲郑惠富是坑底一带有名的大木师傅，主持盖过86座房子，原先不会造桥，是向同村的徐泽长学的。徐泽长是祖传的木拱廊桥师傅，他终身未娶，养着个哑弟。60多岁后，决定物色衣钵传人。一日，徐泽长喊来郑惠富，说："我老了，养不活自己和弟弟了。如果我把徐家造桥手艺传给你，你能否为我养老送终，并照顾我的哑巴弟弟？"郑惠富当时50多岁，对于养老送终，他一口答应，但对继承衣钵有些顾虑。因为徐有个外甥，跟徐泽长学造桥已有很长时间，他担心将来会闹不愉快。徐泽长叹了口气："我那个外甥，学了这么长时间没学会，不再指望他啦。除了这身手艺，我上无片瓦，下无寸钉，你担心什么？"郑惠富当即拜了师傅。

徐泽长去世前留下两本鲁班经、四本桥梁书，嘱咐外甥和郑惠富平分，但外甥将六本经书全拿走了。此后，外甥家里不断发生变故，亲人一个接着一个过世。地方上就有传言：鲁班经不能看，看了要害家人。"文革"开始后，红卫兵上门抄"四旧"，外甥一古脑儿捧出六本经书，在自家门前点了把火，烧得片字不留。

郑多金19岁就跟着父亲到处造桥，直到有一天父亲说："我都快死啦！你

◀ 简易的碇步是原始桥梁的雏型。泰顺县仕阳镇仕水碇步建于清乾隆六十年（1795年）。石碇233步，总长130米，是我国最长的碇步桥，1989年列为浙江省文物保护单位。

▲ 龙泉县安仁镇永和桥的长廊。

这么大一个人，还老是跟在我后边！这条桥你来做！”“这条桥”就是杨溪头桥，时间是1967年。寿宁人称，这条桥很可能是中国最后建的木拱桥。郑多金这辈子独立主持的木拱廊桥，也就这一条。因为在这以后就没有桥做了，浙闽山区盖起公路桥，木拱桥渐渐不被人提起了。

到了郑多金70多岁时，浙闽山区的木拱廊桥在一夜之间被“发现”了，郑多金平静的晚年生活由此充满了戏剧性的插曲。2001年8月份，央视10频道专程来闽采访郑多金老人。3个月后，电视台向老百姓借了木头，在小东桥附近，请老人现场搭制。6天时间，郑多金在小东桥上建起了一座没加护板和廊屋木拱桥。最后一个镜头是他走上桥身，坐在桥中央。

但电视片没有给他带来多大声誉。2001年年底，泰顺仙居桥告急，郑多

▲ 这是整修前的仙居廊桥。

金带上七弟郑多雄，应约而去。前后共去了5趟，但最后不欢而散：“今天投标，明天又投标，我们没有钱，拿什么投？最后还不是大老板投去了！”郑氏兄弟觉得在那些场合，自己像个乞丐，没人理，讲话也没人听。“但木头桥，怎么能拖到春天水大时才开工？”说起这事，郑氏兄弟情绪十分低落，又为仙居桥担忧。

郑惠富一生授徒过百，自己的七个儿子，只带了长子郑多金学艺。因为造桥不但辛苦，而且危险。造桥艺人因桥出事甚至殒命的，不在少数。如今他的徒弟们在世的都是70岁以上的老人，也仅余十几人了，郑多金今年也是74岁。现在，郑多金每天都抽出些时间，和50岁的幺弟谈呀画的，希望能将廊桥手艺传承下去。

▲ 如龙桥和香菇庙。位于庆元县举水乡月山村的如龙桥，明天启五年(1625年)修建，楼、桥、亭三者合而为一，是目前全国木拱廊桥中唯一的国家级文物保护单位。

▼ 如龙桥上的神童题匾。

老一代人仍然珍惜这些古旧的老桥。当地老人告诉我们：几年前，村里有人想拆寿宁的下党桥，说“卖几根旧木头算了”。老人们十分生气，手挽手站成人墙，守在桥头，总算将桥保了下来。

枫叶落了，菇农不再远离

庆元县的如龙桥是目前唯一被列为国家级重点文物保护的木拱廊桥。如龙桥集桥、楼、亭为一体，精美，大气，且人文积淀丰富，它与兰溪桥和菇神庙巧妙地联成一体，诠释着庆元的地域文化。

美丽的松源溪畔游人颇多，我们穿过兰溪桥长长的桥拱，来到桥边的菇神庙。

浙江庆元又称“菇城”，是我国人工栽培香菇的发源地。菇神庙（也称西洋殿）是后世菇农为纪念香菇鼻祖吴三公而建。相传吴三公是南宋初的庆元龙岩村人，常年生活在高山密林，以狩猎采石为生。一个偶然的机会，他发现被刀砍斧斫的阔叶树上长出了一朵朵草菌，就此发明了“砍花法”植菇。

数百年来，菇农们像候鸟，在住家和菇寮间艰辛地迁徙。每年农历十月，晚稻刚刚收进仓，菇民们就要到深山老林里选地、斫木、搭寮，一个人守着植菇，到第二年春耕开始，才回到家里。当地有谚语说：枫树落叶，夫妻分别；枫树抽芽，夫妻团聚。培育一批香菇，需两年时间。等这个地方的菇收成了，这一带的林木也就消耗得差不多了。后来，庆元的菇民们都跑到福建、江西的山林去植菇了。

植菇辛苦，获利菲薄，但在贫困的山民眼里，菇民无疑多了一条活路。历史上，菇民和植菇地的原住民关系一直很微妙。原住民也想植菇，而菇民视植菇为糊口之技，多不愿教。冲突一旦升级，身处异乡的菇民就有生命之虞。到了明朝，国师刘基顾念故乡山民的生活状态，在向朱元璋进献香菇时，奏

▲ 景宁县大均乡大赤坑桥
◀ 庆元县咏归桥桥头的装饰画
▶ 庆元县廊桥桥面板上大多铺上鹅卵石，能保护桥梁木板，增加重量，稳定重心。

请明太祖下诏：定天下植菇为龙（泉）庆（元）景（宁）三地专业，除此三县外，任何人不得从事菇业生产。朱元璋准奏颁诏后，菇民们的“专利权”从条律上得到了保护。至今菇农说起刘基，依然充满感激。菇乡过年，最受欢迎的对联是：国师讨来做香菇，朱皇亲封龙庆景。

上世纪70年代末，新法菌丝播种技术传播以后，菇民们结束了候鸟生涯，但他们对吴三公的敬拜依然真诚。人们平时经过这里，都要拐进来叩个头。新一匝的菌种下去后，更要跑到吴三公的神像前唠上几句。走过长长的兰溪桥到庙里来的，有独自一个人的，也有全家一齐来的。菇民的女人更是兰溪桥的过客，以前家中男人外出植菇，大半年里，菇神庙就是她们排解相思的场所。

出人意料的莲川大地桥

畲乡景宁县，以廊桥数量众多而闻名，包括木拱、木平和石拱廊桥在内，约有50多座。紧挨泰顺的东坑，一个镇就有6条木拱廊桥，风格接近泰顺。景宁的廊桥多由汉民筹资建造，我们一路行来，遍访当地人等，希望能找出几段带有畲乡色彩的廊桥故事，未能如愿。据景宁人士分析，这和当年畲民生活困苦，避居深山有关。

大地村三水汇聚。我们搭竹筏过渡，上山坡，走过一段荒草齐膝的山路，迈上大地桥。刚为荒草丛里窜过的几条蛇吁了一口气，眼前的情景又让我们猛打了个冷颤：50余米长的大地桥上，首尾相连地停满了棺材！急急跑下桥，来到村头小店问个明白。村民说：没事，没事，不过是一些空棺材。

大地桥村是汉人村，居民们有个习惯，上了50岁，便要准备寿材。寿材不能放在家里，必须置于猪栏上方，或者在空地上盖一个棚子。这几年村子前方修了公路，大地桥基本荒废，不知是谁带的头，移走桥凳，停上寿材。很快，村里的寿材都集中到桥上去了。村里人看得惯了，也就习以为常。空棺材的上方，桥凳一搁，养着袋菇，有几户人家把接种箱都抬到桥上来了。

大地桥村有30来户人家，务农，种菇。村里的小孩常在桥上的棺材边玩耍，有时还爬到棺盖上去。但由于棺盖钉得很紧，小孩子打不开，大人们看见，一笑了之。村中的老人也常去桥上，特别是雨天，老人们很关心地察看桥屋是否漏水，是否溅湿了自己的寿材……

荒原土高炉

撰文、摄影／石宝琇

在乌兰至德令哈的途中，有一片小土高炉群矗立在青海的荒原上。从公路上望去，三柱冲天的大烟囱，排列在山谷的旷野里；烟囱下面横陈了密集的碉楼。因为四周的荒原上，没有任何建筑也没有一棵树，满目荒草，只有苍凉的山峦盘亘左右，青灰的峰峦顶端，终年覆盖着雪。这里海拔约3300米。

这片山谷叫“和德生”，据说可能是蒙语。往离公路最近的那根烟囱上看去，六个老宋体的大字“和德生钢铁厂”，庄重地写在烟囱的顶端，是繁体的。

走进土高炉群，西边的一片，残留的炉体粗壮，与华北平原上烧砖的窑相似。顺着地沟走进炉门，炉膛很大，挤进十多个人没问题。炉膛如瓮，上小下大，像一个从地面露出半截儿身子的葫芦。炉壁全用没有经过煅烧的黄泥巴砖垒砌，层层咬合，由下向上收拢，最后只剩下能钻进一条狗儿般大小的炉口。虽然是泥砖，经过将近50年的岁月，炉壁砌合的图案，依然显出整齐美观的纹理。

这是1958年大炼钢铁的产物。很多人都记得，起初就是这样干的，上级领导一说要大炼钢铁，群众便一呼百应，挽起袖子就砌炉子。炼钢的高炉什么样儿？不知道，但砖瓦窑、石灰窑却见过。于是“窑炉”一夜之间平地而起，结果填满焦炭、铁矿石、石灰石再点火，但几天几夜过去，竟然连炉膛也没烧热！

后来我在图书馆查阅了1958年的报纸才知道，会造“窑炉”已经很不错

▲ 在和德生"小土群"背后的小山顶部，有一座无门无阶的地下室是当年开采铁矿用的炸药库。
▼ 在和德生，铁矿石、长石、石灰石、焦炭、烧结铁，抛撒在土炉之间的草地上。

了，在冀中平原的某县，人们干脆把日本鬼子留下的炮楼，直接改作土高炉！

在土路的东边，是面积更大的一片炉群废墟，除了两三座还基本成形外，几乎全都坍塌成一堆堆砖砾。残存的炉体，高约150厘米左右，炉内径60厘米不足。我们穿行几个来回，见不到烧结的炭块，炉膛里也看不出烧炼过的痕迹，说明这一大片的小土炉自建起后就没有使用过。估计是在“窑炉”之后建起的第二代的“侏儒”，但很可能由于炉膛过小，炉体矮，仍然难以炼熔铁矿，因此很快被遗弃。

沿着土路再向前行约百十米，便进入了三座大烟囱耸立的“和德生钢铁厂”内。这里曾是繁忙的厂区，地面的矿石堆料随处可见。有两座洞券式青砖建筑的局部残留，颇有些动人，没人知道它们为何物，在笔直冲天的烟囱和阵势壮观的“土高炉群”之间，它让人感到悲壮和苍凉。不远处是一些浑圆的炉体，高约3米，胸径1米有余。横排纵列都成行，猛然看去，真有点像抗日战争中日本鬼子筑的碉楼群。炉体的外部，仍然是泥砖围砌，内里的一层，是硬朗结实的耐火砖。这片土高炉估计是这片荒原上的第三代了，看起来也比较“专业”，炉膛内都有高温烧结的痕迹，证明它们还真炼过铁。

高炉群四周是旺盛的荒草，长得没膝甚至齐腰。草丛里，俯首可见散落的铁矿石、焦炭，煤块、石灰石、石英石、长石……同行的诗人白渔在年轻时，曾有过在柴达木探矿十多年的经历。他俯身拾起两块石头，分辨出含铁量最高的磁铁矿和含铁量较少的红铁矿。在炉边堆积得更多、块头更大、有如竹筐般大小的，是那些“烧结铁”。虽然上面锈迹斑斑，但仔细看它们的断裂面，铁矿石、石灰石各自形态完整，颜色差异清楚，互不相干，只是被煤炭的焦油渣黏合成一个整体。这就是当年出自这些土高炉的“产品”。

我贴近一座土高炉，想看看能否再觅出一块真正的铁。猛地“哗喇喇”一声响，惊得头皮发紧，两只肥硕的野免从炉膛窜出，几纵几跳，转眼不见踪影。透过苍凉的土炉群，远处的山下冒着一缕青烟，两座孤零零的蒙古包，被笼罩在野山的阴影中。

这里，离乌兰县城约20公里，距德令哈市百多公里，前后左右没有村庄，只有牧民赶着羊群，三五天路过一两次。再就是300米之外的公路，稀稀落落往来的长途车辆。匆匆而过的乘车人，我想其中也少有留意这一片遗址的，顶多有人望一眼，不等到疑问产生，便像风卷轻烟一般地把它们忘了。然而，大炼钢铁的时代留在一代中国人心目中的记忆，是难以抹去的。

老人们的回忆

回到西宁，总禁不住要与人说“和德生”的事。宾馆的老向马上接话，说他记得在七八岁的时候，曾给在巴音河炼铁的父亲送过饭。走到那里已经天黑了，只记得数十座小土炉冒着浓烈的烟火，照亮夜空。后来又见到三位经历过土高炉炼铁的老者。

“现在想起来，当时都是胡闹。”这是梁正珊老先生的第一句话。1958年7月，他从部队转业到大柴旦，刚报到便带着上千人马，到大柴旦以东84公里的红铁沟炼铁。荒山野岭的，一片不毛之地，上千人就地取材，割野芦苇搭棚子，里外抹上泥巴挡风。或者掏一个地窝子，上面盖木板、野草什么的。一个窝棚，住上百人，都打地铺。伙食不错，大肉、白面，尽饱吃，但不能睡个完整觉。因为上级派下任务，1000人一年要炼生铁10000吨。

▶ 王伟邦老人至今还珍藏着在1958年指导他识矿、找矿的地质学和矿物学的教科书。

日夜开矿、拉矿、选矿，焦炭都没问题，但怎么才能炼出铁来？不知道。于是曾当过砖瓦窑师傅的人便成了盖炼铁炉的技师。炉子垒起来了，便将铁矿石、焦炭、石灰石填进去，点燃火，再用土风箱送风。好容易炉口淌出了红色的液体，以为是铁水，便兴高采烈地去报喜。等冷却了再看看，原来是炭油子。铁矿石、石灰石完好如初，只是被炭火薰黑了，让炭油子包裹黏结在一起。

就这样，1000人的队伍像小孩儿玩“过家家”似的，大干了11个月，花费了300万人民币，炼了15吨废铁，那年头的300万人民币，该是个什么概念啊！老梁说：“放到现在，胆子再大的人也不敢那么干！”

张昆山老先生74岁了，他说，那时州党委、政府一律停止办公，一切服从大炼钢铁。短短一个月，便在都兰县郊外，建起了50座土高炉。四五百人，白天晚上干，三班倒。用马和骆驼驮来矿石、煤炭，再用榔头砸碎，过筛子。然后填进土高炉里。热火朝天地干了两个月，炼出来的东西什么都不是。进入11月，天寒地冻，便收兵了。天峻县是牧区，为响应15年赶美超英的号召，牧民也要做贡献。于是各乡也垒起了几座小土炉，以青年民兵为主力。天峻没有电，只有拉大风箱鼓风；铁矿石资源少，就动员牧民将各自家中的斧头、马掌、腰带上的铁饰物、取火种的火镰、锅，甚至下帐篷用的铁橛子，都送进了高炉里。至于燃料，先是用焦炭，没了就用煤块，再没了就用木柴、草根。后来，很快资源枯竭，又炼不出一寸丁铁，不到两个月便息鼓收兵了。都兰县香日德的农业区也建了土高炉，填入的多是废铁和农具。当时正值秋收，所有人都围着高炉日夜炼炭油渣子，而地里成熟的青稞、荞麦、土豆没人收，全烂在地里。那年，风调雨顺的，庄稼长得还特别好！

▲ 在"大炼钢"的年代，像这样的小高炉，应该是相当正规的，如果原料和操作及风力都得当，便可以生产一般的生铁。
▼ 河南某县专门用来击碎矿石、石灰石的土造机械，和传统舂米的杵臼相似。

“钢铁战线”

炼钢铁就得有铁矿，仅靠各家各户的斧头、马掌和铁锅完不成超英赶美的任务。70岁的王伟邦那时19岁，随工作队进驻都兰，筹建海西州。他们骑马骑骆驼满山找矿，可一无所获，因为他们根本就不知道往哪里找。后来，老王求教于中央派到柴达木的地质专家朱夏，又读了许多苏联地质学者的专著，才对矿石略知一二。朱夏告诉他们，柴达木盆地属于昆仑地槽构造，有钾，有长石发育，应该也有铁矿。柴达木东部隆起带有海相沉积，应该有石灰石。而都兰至乌兰至德令哈一带，有侏罗纪、石炭纪地层显露，应该有煤矿。后来根据朱夏的指点，果然找到了铁矿、石灰石和煤炭。有了原材料不等于就可以炼钢了，他们千辛万苦找来的铁矿石最后炼出一堆“烧结铁”——比炭油渣子稍强一点的东西。

1959年初，所有土高炉炼铁全部下马。老王所在的炼铁厂，贷款六七十万元人民币全部打了水漂。借银行的钱要还，于是组织300多匹骆驼，为平叛剿匪的部队驮运军用物资，挣了100多万，还清了贷款。没料到，在十年之后的“文化大革命”中，健忘的海西人又来了一次大办钢铁厂，结果，快的几个月，慢的三五年，上亿元的投资又打了水漂！

1958年8月，北戴河会议后，中国人全民总动员，为实现全年生产钢铁1070万吨的大炼钢铁运动进入了最热烈的阶段。要完成如此伟大的任务，仅靠正规钢铁企业已不可能，于是群众创造性的产物“土法炼钢”上马了。数百万座小土高炉很快蔓延中国所有角落，不但工厂、公社、部队、机关、学校、街道，连国家各省部委也建起小土高炉。一时神州大地烽烟涌起，造就出一个火红火热的年代。当年末，投入“钢铁战线”的劳动力已经达到9000万人，如果再加上辅助、间接的人员，已愈1亿人，而当时中国人口为6.5亿。1959年大炼钢

▲ “大跃进”时代南方某地的乡办小高炉
▼ 四川茂汶的公社社员，将家中的铁锅架在用废汽油桶改装的炉子上焚烧。这些世代种田的农民以为，炉火只要将铁锅熔化，自然是高质量的生铁了。

铁的运动终于停止了。据国家统计局估算，1958年的土法炼钢亏损50亿，而且毁灭性地砍伐森林，砸掉大量铁锅、铁器，直接破坏了生态环境和矿产资源，影响了人民生活。

我们中国的冶金技术已有几千年的历史，早在战国时代，中国人就已经用小土炉冶铁。冶铁技术的发现、提高和推广，引发了社会变革和进步。在秦汉时期，国家已经将冶铁业列为政府严格控管的“官方”企业。在一部古代科技书《天工开物》中，前人已对如何使用小土炉炼铁，如何探矿、采矿、配料、筑炉、鼓风、出铁，都做出准确描述。而2000多年后，我们却无视自己的文明，居然从零开始，尝试以石器时代的思维追赶现代工业时代的技术。

沉寂的土高炉群，如同一个个惊叹号，将永远在遥远的青海高原给我们以警示。

我们一跺脚，大地就震动；

我们吹口气，滚滚河水让路；

我们一举手，巍峨大山胆寒；

我们一迈脚，谁也不敢阻挡；

我们是劳动人民，我们的力量无敌！

——上海钢铁一厂大跃进民歌

幸福社，真幸福，创造世界新纪录。

小麦库存产三千二百一十五。

幸福社，真光荣，光荣榜上点头名。

今冬明春再加劲，争取亩产四千斤。

——原湖北省委书记的诗作

前年卖粮用箩挑，去年卖粮用船摇，
今年汽车装不了，明年火车还嫌小。

——江西井冈山大跃进民歌

人有多大胆，地有多大产。

——山东寿张县大跃进口号

稻米赶黄豆，黄豆像地瓜；
芝麻赛玉米，玉米有人大；
花生像山芋，山芋超冬瓜；
蚕长猫一样大，猪长像大象；
一棵白菜五百斤，上面能站个胖娃娃。

——农村大跃进歌谣

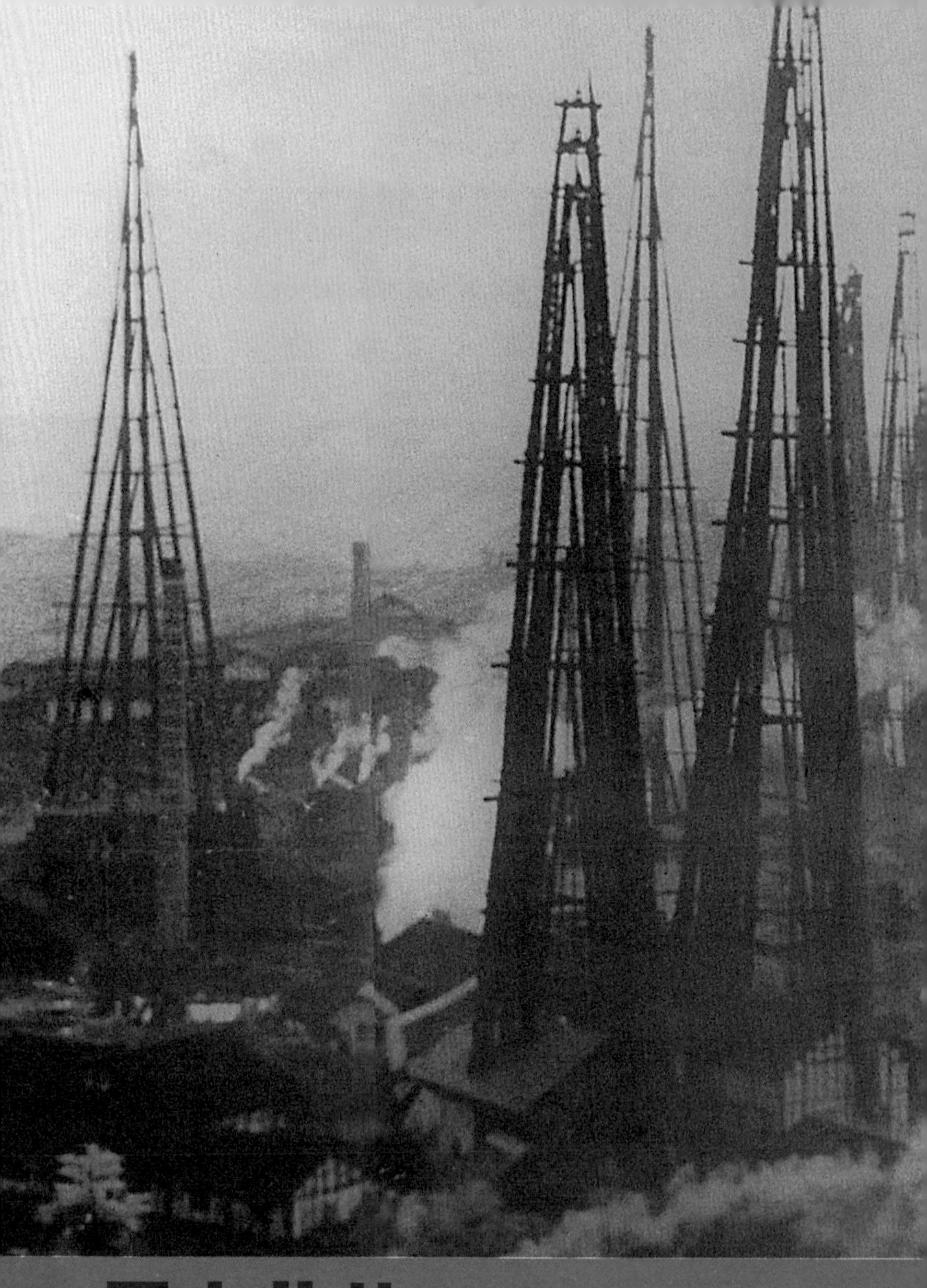

蜀中井盐

撰文／赖武　摄影／陈锦、单晓刚

历史上，在中国的中西部地区，如青、藏、云、贵、楚、湘的大部分地区都深受淡食之苦。盐用袋装着，揣在怀里，视之如宝。贵州人曾经用绳把块状的巴盐拴起，放入汤里，搅一搅，略有咸味，旋即提起。无论是“食肴之将”，还是“山川之财”，很长一个历史时期，盐，这普通得不能再普通的物品，既“资育群生”，也是中央王朝仅次于田赋的主要财政收入。

人类采盐，经历过一个从取天然流出的卤水到掘井采卤的历程。到了清代，盐井越掘越深。于是，随着卤水出现的，不只是盐，还有天然气。天然气的开发利用使四川制盐工艺得到了迅速发展。

19世纪以后，煎制工少利多的花盐（颗粒状的结晶散盐）在富顺盐厂已占93%，而工多利微的巴盐（凝结成块状的盐，多运至少数民族地区）仅占7%。所以有人把火井的兴盛看作是富（顺）荣（县）盐厂成为川盐中心的重要原因。

清代乾嘉之后，蜀中井灶数量迅速增长，形成四川五大井盐的重要产区，产地居民半数以井为业或借盐为市。随着清政府“川盐济楚”专商运销制度，川盐配运湖北、湖南等地，促使蜀盐生产达到了全盛。

◀ 20世纪50年代的自贡盐场，井架林立，被称为“天车”，如今这种景象是看不到了。

▲ 清代《四川盐法志·井盐图说》中的牛车汲卤图。

山丘上孤独的天车

在四川，自贡是最著名的盐产地。出市区不远处，就能看到一架孤零零的天车矗立在丘陵上，这就是从前采卤的井架。跨过一片曾是熬盐卤的灶房废墟，下到山腰，就是19世纪末凿成的东源井。东源井百多年来产卤不断，巨大的天车旁有一石碑，上刻“自贡市文物保护单位”。

站在天车下，多少让人有些现代神话的感觉。因为在这形似废墟而且还挂着文物保护牌子的地方，却是一个正在生产的古老作坊，使用的正是传统的手工制盐工艺。老式的木椽青瓦穿逗式工房又高又空，偏棚里遗留着明清至民国初年盛行的人力或畜力汲卤的木制大车。天车旁边巨大的卷扬机房里，有两个工人正在操作汲卤的机器。

20世纪初，自贡的自流井已使用蒸汽机车代替人畜推汲卤水；1941年，乐

▲ 20世纪20年代的自贡釜溪河是井盐外运的主要通道：王爷庙前商船云集，自贡从这里运往川滇黔湘鄂等省的200余州县。

▼ 凿于清道光十五年(1835年)的燊海井井深1001.42米，是世界上第一口超千米深井，如今仍完整地保留了碓房、大车房、灶房、柜房等生产现场，以及碓架、天车、大车、盐锅、盐仓等设施。(陈锦摄)

山地区犍为、乐山盐场也相继采用电动卷扬机汲卤，而东源井却依然沿用着那个时代的方式运转，其意义耐人寻味。

天车下的井口边，一名工人操作汲卤筒，钢绳从天车顶端的天辊子上垂下，汲卤筒落到近千米的井底，大致要3分钟，再提捞汲卤，卷扬机从天车天辊子上把钢索收起，约4分多钟出井。汲卤筒一出井口，工人便把卤水注入旁边一椭圆形大木桶里。汲卤筒很大，一次可盛十多斗卤水。东源井深，卤水乌黑浑浊，含盐量为18%。工人一次次地不停地汲卤，劳动负荷非常之大。尽管已经不是大车或辘轳在人力或畜力作用下的工作状态，但亲眼看见并用手扶摸着用竹木石制作的复杂巨大的汲卤大车，也会为蜀中井盐业千百年的艰难历程而感慨。

在使用机械采卤之前，是以人力与畜力为动力的。因为畜力需要量巨大，据民国三年统计，自贡盐场有水火井960眼，推卤用牛就有2万头，这还不包括凿井、车水、运输及补充备用牛在内。遇有自然灾害发生时，破产农民大量涌入城市，人比牛还多，市场上人力反比畜力的价格低廉。所以，盐井老板不时雇用廉价工人进行人力汲卤。受雇的工人无行动自由，如犯人服刑。因此，过去自贡人常称大车为“人车”或“班房车”，足见此活极苦极贱！

那个时候，自贡曾经有一个蓬勃兴盛的牛行业，有给牛治病的牛医生，有用牛骨、牛角加工生活用品的手艺人，经营牛肉的小食馆都成了一条“牛肉街”。这里有一种“火边子”牛肉远近闻名，老盐工说，火边子牛肉是用推车牛在发力出大汗后宰杀，然后用牛屎粑做燃料文火烘出来的。

听老盐工说，过去的自流井有四多：山小牛屎多，街短牛肉多，河小盐船多，路窄轿子多。这是自贡井盐兴旺的历史侧影。

如今站在稍远的地方看东源井，瓦舍呈破败之象，草坡间弥漫着苍老的气息，唯有天车矗立仿佛是这世纪老井生命力最坚实的支撑。想当年，这一地

◀ 利用水车原理以人力踩动的竹筒车将卤水提升至晒卤架的顶部，让卤水沿无数的小竹枝逐渐滴落，通过滴落过程中的日晒风吹，达到蒸发浓缩卤水最终凝结为盐的目的。（陈锦摄）

▲ 过去，盐井的牛拉大车是提取卤水的主要设备。井越深，采卤大车越大，推卤牛一次要用五六头。保留在桑海井、东源井的这类大车如今引来众多参观者的好奇。（单晓刚摄）

▼ 清代的石刻《牛车汲卤图》

区，自古以来先后开掘过13000口大大小小的盐井。宋代以来，这里竖立过各式各样的天车，尤其清中叶以后，随着深井的开凿，天车竞相增高，有的高达上百米，达德井天车有113.40米，是自贡之最。极盛期的富荣盐厂，方圆数十里的山坡地带天车林立，由熬盐而起的水汽蒸腾于天车之间，远望如山林间云烟氤氲。这种景象在今天的自贡丘林山野间只是一种虚幻。残存的天车像卫兵一样守护着老作坊最后的也是零星的几块阵地，虽孤独，但却是盐都工业的纪念碑。

▲ 一两千年来，井盐开采从大口浅井发展到深井开采，提捞采卤这个过程从使用人力、畜力到机械动力，不论设备怎样革新，井口工人使用手工操作都是不变的。汲卤筒出井后，工人得靠人力往井边大圆桶放卤水。（单晓刚摄）

▶ 卓筒井是小口井。"卓"是直立的意思，"筒"即竹筒，用竹筒相衔接成盐井。如今保留这种古老的采卤技术的只有四川遂宁大英县的卓筒井镇。20世纪中，大英地区尚有卓筒井5000余口，现在仅剩下卓筒井镇的3口，并已经停产。提卤工手脚并用转动羊角车从卓筒井中提取卤水。（陈锦摄）

末世灶房的样板

灶房就是熬盐卤的车间。之所以称之为灶房，是因自古以来盐业生产都带着家庭作坊的特征。

与东源井相比，吉成井是大安盐厂唯一保留手工熬盐工艺的地方。它在自贡形成了历史与现实的更大反差。紧邻现代居民住宅区，在两三座天车之间，山坡上野草簇拥着的几座了无生气的老房子，凌乱而残破。在其中的一个老式灶房里弥漫着腾腾蒸汽，一长溜并排的大方锅旁，一个工人光着膀子，用

▲ 吉成井正在煮盐的大锅：工人必须不停地在盐锅中搅动和添注水，以免结成盐锅巴。煮盐工作十分辛苦，尤其是夏天，自然界的高温加上煮盐车间蒸汽的高温，煮盐工常常是在摄氏40至50度的环境中工作，盐锅中煮着的与脊梁上流淌着的都是盐。（陈锦摄）

▶ 成品花盐（陈锦摄）

盐耙在卤水滚沸的锅里搅，他从这口锅走到那口锅，并不时往锅里加水，神情十分专注，光着的脊背上渗出颗颗汗珠。这场景说是19世纪的也未尝不可。除了盐锅，便是去了篾包的雪白的盐坨。虽蒸汽腾腾，却显得冷冷清清。

这位工人说，卤水经过长时间的浓缩结晶，才产出成品盐，而操作工的技术影响着盐的品质。旧时代，烧盐技艺一般是父授子承。20世纪初，自贡的“烧盐工财神会”规定，传师授艺只限会员。可见烧盐并非等闲人可干的。

大安盐厂在70年代建成年产10万吨真空制盐装置后，吉成井不过是传统工艺的保留。工人在这里所进行的不具竞争性的生产，至少能让当代人了解制盐方式曾有怎样不寻常的历史过程。

▲ 白花花的盐在仓库里堆得像山一样高，但要制成成品盐上市还要进一步的加工。（陈锦摄）

在这纯粹家庭作坊式的灶房里，有几张工人当班后歇宿的床铺，很随便也很不讲究。这是传统作坊里生产与生活没有清晰界线的一个特征。在原始积累阶段，奴役性的劳作是只重生产与产品的。盐不能比金子，但人类生产什么都投入其全部生命却无可怀疑。

先进的真空制盐技术似乎已宣判了敞锅熬盐的死刑。但在自贡这个地方，以什么方式煎盐无关紧要，继承老祖宗的祖业如果说是生产方式的过渡，毋宁说是情感的过渡。

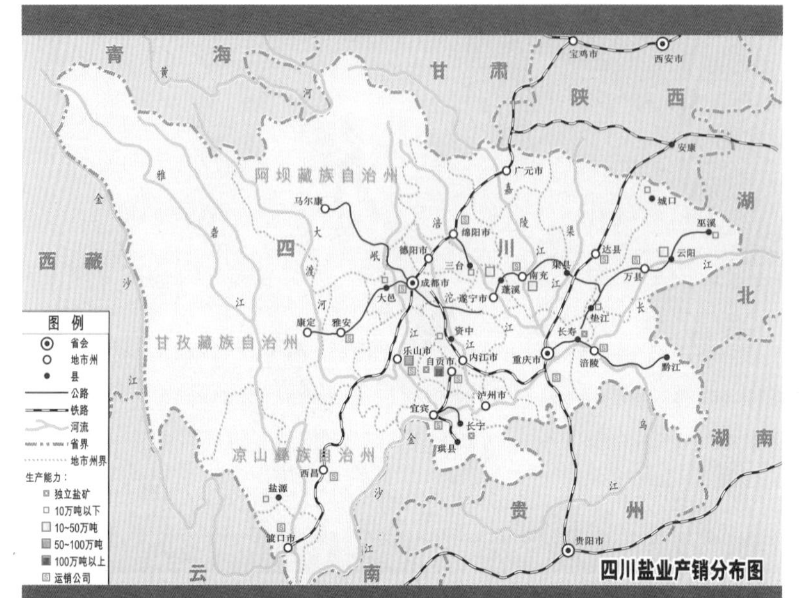

▲ 四川盐业产销分布图

四川凿井取盐的工艺史

唐宋以前，蜀中盐井为大口盐井，浅则几丈，深不过百丈，至少可容一人下至井底钻凿。在唐代，著名的陵州（今仁寿县、井研县一带）盐井都是这种大口井。四川出土的汉代盐井画像砖再现了大口井的生产过程：井口设木架，上挂滑车，滑车上悬索的两端系桶，称“鸳鸯桶”，或用皮囊。井工扯动桶绳，从井里汲起卤水。卤水倒进笕杆，流入灶房制盐。

宋代以后，蜀中出现卓筒井。这是机械凿井的雏形，带“圜刃”的钻井工具的使用，使深井钻凿成为可能。卓筒井井口直径仅八九寸，深者百余丈。井胚成型后，用大楠竹去节中空，“牝牡相连”放入井内作井壁。用小于盐井口径的竹筒作导管，将熟牛皮作为活塞，将卤水汲出。卓筒井已经具备了现代深井钻凿工艺的基本要素。马骥《盐井图说》将明代的凿井技术总结为六道工序，这六道工序一直至清代后期都没有改变。

清代凿井工具的革新，使新井大量涌现，盐井的深度大大突破历史水平。据自贡市盐业历史博物馆辑《井矿资料》对四川40个产盐州县的统计，清初盐井为5637眼，清末增到8456眼。深度也从一二百丈发展到三四百丈，并出现了气、水、油并出的井，为运用天然气煮盐创造了便利条件。一眼火井，据气之强弱，少则可煮十几口，多则上百口锅。被称为“火井王”的磨子井能生产供上千口锅的猛火，其煎盐效率远高于煤炭。清光绪年间仅自流井、贡井地区的各种卤井、气井和少量油井，就有5000余眼。1835年，深度达1001.40米的著名的海井钻凿成功，首次钻进三迭系嘉陵江石灰岩层。

传统的卓筒井延续了约900年。1924年，自贡盐商李敬才引进美国顿钻钻机打井，钻井深度达到1220米。这是井盐史上首次采用机器顿钻钻井。1943年，四川油矿探勘处在隆昌圣灯山采用法国制造的回转式钻机，这是我国首次采用旋转钻机钻成的盐井。1950年代以后，旋转钻凿及涡轮钻井技术逐渐普及，钻进速度由几年或几十年钻一口井变成几个月钻一口井，上千米的深度已十分普遍，像巫溪田坝盐厂的“天一井”，井深达到3094米。

▲ 川盐源源不断地运往外地。（陈锦摄）

世代盐工的命运转换

“这是卤水预热器，与混合冷凝水换热升温后，卤水进入脱氧器，再送入这几个巨型蒸发罐，蒸发后从罐内析出盐的固体结晶，送进盐浆旋流器增稠，再进入离心机脱水，最后由干燥器干燥成原盐。”

自贡大安盐厂的雷处长在现场给我们讲解盐厂1994年10月投产的年产30万吨真空制盐装置的工艺流程。这套现代真空制盐技术结束了传统敞锅制盐的繁重劳动。

从前，世代盐工仿佛是苦役的代名词。蔡树根是70年代初进大安盐厂工作的，他刚进厂时，是在灶上烧盐。虽然1972年厂里就有了真空制盐，但因生产能力不够，不少盐工仍干着敞锅熬盐。老盐工都说：凿井难，汲卤煎盐更

▲ 乾隆元年(1736年)修建的陕籍盐商的同乡会馆——西秦会馆,如今是自贡市盐业历史博物馆。(陈锦摄)

苦。只要干上这一行，就像是没有尽头的苦难。清代温瑞柏《盐井记》就记述了井盐工人之难。也许父辈都是这样干过来的，也许自贡的很多人也是如此经历的，蔡树根与所有曾经在井灶上工作过的工人一样，你不会听到他们诉苦，或是抱怨什么。

蔡树根记得从他的父亲到他，以及自贡的世代盐工灶上熬盐的情景：上身赤裸，下身拴块围帕，脚趿木板鞋，手拿笨重的工具，在锅上出渣、铲盐、添生水，一不小心就会摔进滚沸的盐锅里。因锅浅，如爬起快，顶多是灼伤皮肉，但却令人胆战心惊。高强度且又需要精神高度集中的体力活是不可能给人安全感的。在谈到父亲50年代在井上工作被出卤时强烈的硫化氢熏瞎双眼一事时，蔡树根十分平静。作为老一辈盐工的继承人，他知道父亲的不幸实际是一代接一代的传统盐工的不幸。接班直到70年代后期，蔡树根转入真空制盐车间，才成了名副其实的现代盐工。只有像他这样的人，才能真正体会古老盐业经过漫长的历史走到今天，对整个盐工群体命运转换的意义有多大。

尽管自贡还有老盐井老作坊及传统手工熬盐，尽管盐业工人在自贡仍是最庞大的生产群体，但蔡树根肯定地说，子承父业干盐工的人在自贡会越来越少，像他这样的世代盐工在以后恐怕很难寻觅了。

因盐而来的移民城市

在以盐为支撑发展起来的自贡，连从事盐业的世家都难以说清老祖宗的渊源及投身此业的原因。早期的制盐者或是没有土地的佃民，被业主招募务工；或是流民刑徒，在官井上充作刑役。蜀中土地肥沃，物产丰饶，清代因蜀盐的繁荣更是诱惑着来川淘金的移民。

有资料表明，当时四川各大盐厂的井、灶工人，陕西籍占七八成，川籍占二三成。犍乐盐厂靠盐发财的多是楚、粤人，富荣盐厂的大盐商则多是陕西人。四面八方的外省人，不管迁蜀早晚，很少有受盐利的诱惑而不投身进去的，而且获利愈巨，竞争愈凶。能称为大富豪者，家族背景中往往有几代人苦心积累的家业。

清代自贡有“王、李、胡、颜”四大家族。王家清初从湖北迁川，李家元代从河南迁川，胡家清中期从江西迁川，颜家祖籍山东，清代从广东迁川。民国时期自贡新四大家族之首的侯家也是清代从广东入川的。自贡盐业的命脉实际是由这些大家族控制着，他们占有自贡大部分“井、灶、笕、号（即商号）”。如“王三畏堂”和“李四友堂”在19世纪后半期已是自贡富霸一方的大盐商，当地有“河东王，河西李，你不姓王不姓李，我就不怕你”之说。民间还流传自流井有“三朵云”，贡井有“三条河”的说法。“三朵云”即指王朗云（王三畏堂的创始人）、王向云（王宝兴隆老板）和王会荣；“三条河”指的是胡元和（胡慎怡堂创始人）、肖致和、张三和，也都是盐场巨富豪门。“三朵云”中，以王朗云、王向云家业最大，故有“两朵云遮了半边天”的说法。

盐商中尤以陕西商人精明，在19世纪前后陕西人进入四川盐场。井盐生产耗资巨，风险大，凿井就需费时十余年甚至几十年，需有雄厚资金作后盾。陕商们放贷或投资凿井，汲卤煎盐，建商号，把持产运销，获取了巨额利润。典籍中说“川省正经字号多属陕客”，如今自贡市的“八店街”，正是当时响当当的陕商八大盐号麇集之地。

为了蜀中取之不尽的盐，许许多多敢争天下利的外省移民，无论是怀揣银两还是身无长物，都义无反顾地跨过秦岭跨过剑门关，在这膏腴之地安了家。今天没有人能区别自贡街上的人哪些是原住民，哪些是移民后裔。在一个穷人与富人都趋之若鹜的地方，无论是外省还是本省人，地望与籍贯对于区别人的特征已不重要，有人真的成就了财富的梦想，而更多的人则是世代在井边灶旁苦役劳作。

有人统计过，自贡与盐有关的地名有280处之多，从中甚至可以完整地读出与盐业生产相关的所有行当，如盐水沟、火井坡、东源井、大生笕、正福灶、八店街、老盐店、盐卡子、盐马路、盐锅坝、竹子市、杀牛街等等。这些充满盐味儿的地名，从过去到现在都一直在诠释着自贡的成长史。

至迟在北周时期(557—581年)，自贡地区就已有开掘盐井的历史了。到了清代，由于卤井和火井的大量开发，在整个自贡的产盐区，无论是人口还是经济实力都得到空前增长。民国初年有人记述，“自、贡两场毗连，业盐劳动者不下十万余人，牛马亦过数万匹，诚吾国唯一之大工场也”，“掘地及泉，咸源遂涌……人以是聚，国以是富”。30年代有所谓“成都握枢密，渝城得形势，自贡占饷源”之说，就证明自贡盐业在四川经济中占了极大的比重。

夏夜的釜溪河畔，站在雄峙的王爷庙前，看水中楼影，听岸上歌声，不免引人遐思。当年，自流井和贡井的盐就是源源不断地从釜溪河上王爷庙前运往四面八方。财利滚滚汇聚而来时，王爷庙无疑成了风水宝地，“镇江王爷”也成了盐商们的幸运之神。每年农历六月初六镇江王爷生日这天，釜溪河上大小盐船高悬红纸钱标，鸣响鞭炮，不只盐商祈神降福保佑过往舟船一帆风顺，所有自贡人都祈求这个财源茂盛之地能始终大吉大利，长盛不衰。

注：本篇之历史资料图片由自贡市盐业博物馆提供。

千年盐井

撰文、摄影／李旭

在西藏和云南交界处的澜沧江河谷里，我们不管向谁询问，人们都一致认定，他们的祖先发现和经营芒康的这一片盐井已经有上千年的历史。很久以前直到如今，这里就叫做“盐井”。没有任何记载或传说表明人们是如何找到这片盐井的。也许是一个或几个衣衫褴褛的猎人在追寻猎物时发现了动物们常在这里流连，也许是牛羊凭着本能嗅到了盐巴的味道而把它们的主人领到了这里。

生息于盐井的世世代代

清晨，阳光还没来得及跃出横断山脉的雪峰，盐井的女人们就已经背上中午的食物，像被什么怪物追逐着一样，脚不着地地往澜沧江河谷里奔。山坡小路陡峭得像立着的梯子，她们无法放慢脚步。澜沧江河床上的盐井经过一夜的积攒，盐水已经溢得满满的。每个人都想乘着太阳还未升起，暑气还未蒸腾，多往自家的盐池里背几桶盐水。等井里的盐水落下去时，她们就可以将盐池里的盐水往各家的盐田上背，然后，等着暴烈的阳光和峡谷里干热的风将水分蒸发掉，然后，就可以收盐巴了。

◀ 盐池像一块块梯田，镶嵌在澜沧江峡谷中。女人们要先从盐井将盐水运到池中贮存，然后再背到晒盐架上。

前往盐井的路途遥远而艰难，盐井仿佛在世界的尽头。我们驱车700多公里，从偏远的云南省会昆明到达中甸，第二天经过云南与西藏交界处的德钦县，从海拔6740米的梅里雪山下经过，进入西藏境内，又行300公里抵达盐井。在西藏和云南交界处的澜沧江河谷里，我们不管向谁询问，人们都一致认定，他们的祖先发现和经营芒康的这一片盐井已经有上千年的历史。很久以前直到如今，这里就叫做“盐井”。没有任何记载或传说表明人们是如何找到这片盐井的。也许是一个或几个衣衫褴褛的猎人在追寻猎物时发现了动物们常在这里流连，也许是牛羊凭着本能嗅到了盐巴的味道而把它们的主人领到了这里。不管怎么说，在那惜盐如金的年月，盐井的发现为人们的生存铺出了一条道路。我能想像不断地有人闻讯而来，就像那些穷愁潦倒而又极想发财的淘金者。于是一个村寨出现了，一座小镇出现了，而盐，甚至还引起了旷日持久的战争，那场战争记载在了世界最长的英雄史诗《格萨尔》之“羌岭大战”中。

在云南的民间传说中，盐井本为羌人先占有，羌人就是今天的纳西族。格萨尔的叔叔晁同屡次去买盐，见羌人得利丰厚，遂起掠夺之心。他带了一帮人马，说是去迎亲，人又多一些；说是去打仗，人又少一些，结果被羌人击败，惹起了战争，无敌的英雄格萨尔只好亲自出战制服了羌国。广泛流传于藏区的《格萨尔》则认为，盐井“不是谁的祖辈留下的，也不是谁花钱买下的”，只能以“谁有本事占据它”这样一个事实来证明。于是，世代生息在滇、川、藏交界地带的藏族和纳西族就为盐井进行了拉锯式的争夺战，战争上自吐蕃时代，下至清朝末年1000多年里断断续续地进行。《格萨尔·羌岭大战》就是这场战争史的记载。

明末清初，中心在云南丽江的纳西族木氏土司势力逐渐衰落萎缩，分布在边缘各地的纳西族也渐渐被当地占强势的藏族所同化，不仅服饰、饮食、住房完全藏化了，连姓名、语言和宗教信仰也与藏族无二。这正像藏族谚语所说的：“不像铁一样相碰撞，就不会像心一样相友爱。”这大概是当时那些争来

▲ 盐田人亦农亦盐，有的有几块农田，有的则完全以晒盐为生。

斗去的统治者们始料不及的。不过，直到现在，盐井的大多数居民仍认同自己是纳西族，仍以最原始的方式进行着传统的晒盐生计，盐井也就成了整个西藏唯一的一个纳西族民族乡。

过去很长一段时间，不管是纳西族还是藏族，盐民的社会地位跟奴隶没什么两样，大小二三千块盐田，没有一块属于他们自己，用他们自己的话说就是“盐民无盐”。盐民中流传着这样一首民谣：

盐田像白纸一样铺在江边，
我却没一块纸一样的盐田。
山顶的积雪有融化的日子，
我们世代忍受着痛苦熬煎。

澜沧江的江水一日流不干，

盐民的眼泪就一天擦不完。

那时候，盐民每向领主租6块盐田，就要把4块盐田生产出来的盐交给领主，剩下2块盐田的盐，还要交盐税以及受寺庙、商人等等的盘剥，自己也就所剩无几，连糊口都很困难。20世纪50年代后，盐田成了国家所有，盐民们也搞了集体化，他们将生产的盐全部交售给国家，由国家供应他们粮食，同时还要交百分之零点几的税。改革开放后，国家将盐田承包给了他们，随他们自主经营。

在盐井纳西族民族乡，现在还有61户产盐专业户，他们没有土地，只以晒盐为生。现在他们全都自产自销盐巴，不用交任何费用，用卖盐换来的钱买粮食吃。另外，乡里的人家，约213户都有盐田，同时还有土地，过着半盐半耕的日子。不管专业还是半专业，盐井一年大约能够产盐24万公斤，产值不到30万元人民币。有的专业户，像曲扎家，一家8口人，一年就能产盐10000公斤，当然这是产量最多的。一般的专业户一年也能晒盐5000多公斤。2001年，上好的盐井盐100斤卖到106元，中等的六七十元，差的40多元，像白雪一样最好的100斤可以卖到160元。

在江对岸的扎达村，五六十户全都是藏族，他们祖祖辈辈也晒盐巴，不过因为那一片的土壤是棕红色的，晒出的盐巴也是红色的，价格比白盐要低一些，1斤只能卖到六七十元，但用红盐打出的酥油茶颜色红亮，因此红盐也受藏民的欢迎。

眼下大家都有了相对固定的盐田，近些年来没有听说过因为盐田而发生争斗。时光毕竟流逝了数百年，不管是纳西族还是藏族，人们仍然用最为传统和原始的方法获取盐巴：在河床上的盐矿处打井，用木桶背盐水，在竖立的木架盐田上把盐水晒成盐巴。

制盐——盐井女人的终生劳作

卓玛拉姆是地地道道的藏族名字，但她和她的家人都是纳西族。卓玛拉姆今年25岁，是两个女儿的母亲。她只是每天参与背盐水晒盐的几十个女人中的一个。她没上过一天学，也不会说一句汉话，一天到晚笑眯眯的，背着空桶往回走时，总喜欢撮着薄薄的嘴唇吹口哨，吹一些欢快的调子。许多背盐水的女人都会吹口哨，有的干脆扬着嗓门唱上几句藏族民歌，歌声清亮，宛如山涧溪流在奔涌。

斯娜碧珍童年时上过3年小学，这足以使她能说会道，但因为家里缺乏劳力，她不得不辍学帮家里的大人干活，这一干就是20多年，35岁的斯娜碧珍有

▲ 幽深的盐井狭窄得只容一人上下，背盐水的女人们还得在井下相互帮助，才能把沉重的盐水桶背上地面。

▶ 辛勤的盐井女人每天要背着沉重的盐水桶，在这天梯一样的栈道上来回100多趟。

了三女一男四个孩子，每天得来背盐水，才能勉强供孩子们上学。他们也只能靠背盐水过活。

不论是次礼央宗还是白珍，或是别的女人们，都有着同样的经历和同样沉重的养家糊口的负担。

不知从什么时候起，也不知什么原因，盐井的制盐工作几乎完全由女人来完成。各家的男人只是在妇女们晒出小山一样的盐堆时，才赶着骡马来，将盐巴装袋上驮，运到盐井小镇的盐市上出售，再由盐贩子把盐巴卖到邻近的藏区。

分布在江边的几口盐井，有的三四米深，有的深达五六米，要从木梯上爬下去汲水。井里随时都热汽腾腾的，汩汩冒着温热的盐水。女人们分两组交换着背两眼最好的盐井水，其中一眼出水要慢一些。背干了盐水，她们会坐在井

▲ 为了家人，盐井女人几乎将一生的汗水都洒在背盐水的栈道上。
▶ 这些女人从十五六岁就开始背盐水，一直要背到四十五六岁，繁重的劳动伴随着她们的青春期和全部的生育时期。

边休息一下，等盐水冒出来又接着背。她们在井下先用木桶舀进大半桶盐水，再用树皮瓢加满，在别人的帮助下提起沉重的水桶，用肚子将水桶顶到梯子上，再转身背到背上，从井下的陡梯往地面攀爬时，她们嘴里有节奏地发出“嘿、嘿、嘿”的声音，以减轻背上的重量。

在盐井附近，是一格格水泥砌就的盐水池子，为争取时间，女人们每天都是先尽量把盐池背满，在等待井水来不及出的空隙，再将盐池里的盐水背到晒盐架上。等盐田里的水分慢慢干掉，一粒粒方形或菱形的盐结晶渐渐显现出来，就像影像在显影盆中出现那般神奇。女人们用木板仔细地将盐粒刮拢在一起，再撮到竹背箩里沥去剩下的水分，就是她们的辛劳所得——盐巴。

沿陡峭的江岸而上，就是一片片层层叠叠用木架子支撑起的盐田，一片片盐田之间以危险的简易栈道连通，我们空手上下都很吃力。栈道两旁到处扔着背盐水女人们穿坏了的胶鞋。盐田架上垫了土，又铺上细沙，细沙可以渗水。日积月累，渗到架子下面的盐水都结成了长长的钟乳状的盐条。那些木架子盐田错落有致，鳞次栉比。有的刚倒入盐水，风吹水面，波光粼粼；有的水分已经蒸发，洁白的盐晶映着雪山夕阳，闪耀着迷人的光彩；有的还没来得及倒盐水，裸露着棕红色的台面。这些五彩斑斓的盐田又与奔腾的江水，与江岸台地上的农田，与一株株浓郁的核桃树，构成了一幅壮丽的画面，令人难忘。

每年3月到6月，澜沧江两岸桃花开放的时候，盐井的女人们就开始了紧张忙碌的晒盐工作，这段时间因为阳光充足，风又大，澜沧江的水位处于枯水季节，所以盐水的品质最好，出盐率也高，当地盐民把这段时间产的盐称为“桃花盐”。过了这段时间，雨季的雨水一下来，加之江水上涨，就很难晒出盐巴，即使可以出一些，质量也不是太好。

这些盐井女人一天最多可背100多桶盐水，少的也能背个七八十桶。有的在盐池边上放一些小石子计算自己一天的工作量。她们一年有半年时间奔波在盐井和盐田之间。只有到雨季雨水太多的时候，或因为江水涨得太高，淹了盐井，这些女人才能歇工。干活时，她们每个人的木桶里都放一只桦树皮做的瓢，用来舀盐水，舀满一桶，就把瓢放在桶里压住盐水不溅，倾倒盐水时取出瓢，身子一歪便将盐水倒入池中或盐田里。

到中午时分，她们就三五成群聚在一家简易小屋里，或干脆就坐在盐架下面，打酥油茶，吃一点各自带来的面饼、馒头、糌粑之类的干粮，有的还会炒一两个青菜或煎几片咸肉。到天黑收工时，她们会躲在江边的大石头后面，就着江水梳洗一番，然后换上干净的衣服，回家吃晚饭。

这些女人从十五六岁就开始背盐水，一直要背到四十五六岁，繁重的劳动伴随着她们的青春期和全部的生育时期。除了下雨，她们每天都得重复那沉重的劳动，一天在陡峭的山壁上上下奔波100多趟，每天从家里到盐田，来回还得爬一个多小时的山路。

澜沧江水日复一日年复一年向南汹涌流淌，太阳天天升起又落下，落下又升起，盐水变成了盐巴又变成了其他物质，盐井的女人们生来死去，换了一茬又一茬，她们仍然毫无怨言地从事着那繁重辛劳的生计。她们并没有满怀苦楚，笑容仍常常绽放在她们脸上，清亮的歌声仍时时在盐池和盐架间回响。她们就像台地上的核桃树一样健康，生机勃勃，像那些盐粒一样饱满，纯洁。她们都知道，这么辛苦是为了自己的家，为了自己的孩子和家人。她们似乎注定了只有这样的生活，所以她们心甘情愿。她们知足感恩，她们因从大自然那里获得盐水而欢喜，尽管那盐水要以许多的汗水才能换得。

跟随着她们矫健的脚步，看着她们的笑容，我觉得，那结晶在盐巴里的阳光的味道、江水的味道、一丛丛野花野草的味道，还有那穿过山谷的风的味道，使她们陶醉其中，使她们在不知不觉中握住了生命的意义。

但近年来，越来越多的袋装加碘精盐出现在西藏东部的小店铺里和藏民的家里，它们在毫不留情地动摇着盐井女人们的生意。关于就要关闭盐井的传闻，更使盐井人陷于惊恐和无奈之中。据说，盐井的盐巴既缺碘又含有硒和重

▲ 盐田的盐水在阳光的蒸发下，慢慢地变成了晶莹的盐巴。

▲ 收获完盐田的盐巴，盐井女人们还要收庄稼、带孩子和料理家务。

▲ 当盐巴积攒到几百斤上千斤，各家的男人就赶着马帮将盐巴驮到市场去出售。

金属等有害物质，政府已考虑关闭盐井。盐井延续了上千年的产盐传统即将成为消失不再的人类劳动景象。对于那些仅仅只要能生存就已经很知足的人们，如果盐井关闭，她们和她们的后代何以为生，她们一点眉目都没有。

或许，所有的文明都要衰落并最终消失，然而，盐井人的命运，他们祖祖辈辈所执著的将阳光和水制作为人类生存所必需的盐的故事，仍是一段令人牵肠挂肚的历程。

寻找夹缬的最后踪迹

撰文／张琴　摄影／马建河、李玉祥、萧云集

在古代汉语里，“缬”字是指在丝织品物上印染图案花样。绞缬指扎染，蜡缬指蜡染，在今天的西南民间，扎染和蜡染仍在流传。夹缬在唐代极为盛行，敦煌莫高窟唐彩塑菩萨身上穿的多是夹缬织物，但宋代以后逐渐从复色趋向于单色，然后便湮没了。

夹缬被曾经是浙南人家嫁女儿的必备之物

夹缬没有消失，只是鲜为人知了。上个世纪五六十年代，夹缬制作的被子依然是温州民间婚嫁的必备之物。温州夹缬不似唐宋时缤纷艳丽的复色，而是蓝白相间的单色，弥漫着泥土的芬芳。因温州的夹缬织品仅用作被面，不作衣饰，所以不称“夹缬”，而唤做“夹被”、“双纱被”；或是以图案为名，如“百子被”、“龙凤被”等。

在瑞安与平阳交界的一个小山村里，79岁的傅婆婆为我们吟唱经年的歌谣：“四角四耳朵，四四十六堂。堂堂放八仙，嘴嘴放横胭……” 温州的夹缬被面横四幅竖四格（也有横三竖四的），故称十六堂；每“堂”以八仙、百子等为图案；由于是蓝底白图，做喜事讨彩，便用胭脂点染人物嘴唇。如不点

◀ 当年最有名的染坊是戴氏家族的聚丰印染行，戴志渺便是戴家的传人。（萧云集摄）
▶ 虽然夹缬的制作渐成历史，但如今浙南乡间仍然可见它的踪迹，这是乐清里章村的村民在晾晒夹缬被。（李玉祥摄）

胭脂，就以红线绕被边挑缝一匝；“四角四耳朵”，是指为了收拾方便，被子四角各缝一方块或红或黑的小布片。

65年前，傅婆婆还只有14岁。那一年她刚刚下定（订婚），家里张罗着给她做夹缬被子。老祖母捧着黄历，边挑日子边唱的就是这歌谣。那时，傅婆婆第一次听这歌谣，不大懂，只是不好意思，低了头，跟着母亲纺纱、织布，织成窄匹的白色粗土布，送到染坊。染坊以靛青为染料，以雕板为工具，将布夹染上一方方“百子”、“双喜”、“龙凤”图案，再将4幅缝成一床夹缬被。然后就是送新嫁娘入洞房啦。第二天起来，新婚夫妇一身蓝靛青痕。

旧时永强一带人家嫁女儿，“双纱被”是必备的嫁妆。世代相传的染坊师傅挑着箩筐，大街小巷地走，嘴里喊着：“扎青！染蓝！”当地风俗认为：新婚夫妇不盖双纱被，小家庭必将不和睦，要么总是生女儿，要么一方短寿，女方的娘家将不断地被人埋怨：“嫁女儿连一床双纱被也没有！”所以即便是最贫寒的人家，也要赶制一床“双纱被”。

在楠溪江上游，麻姆弟告诉我们说：“我们永嘉有个讲究，讨老婆是男方出棉花，女方纺织做被，叫作娶一个老婆，几哩（多少）棉花，几哩苎麻，几哩财礼银。”麻姆弟拿出他结婚时的夹被给我们看，夹被还很新，由12幅（横三竖四）相同图案的“百子图”组成。竖排的4 块图案两两相向，即前两幅“百子图”头朝上，后两幅头朝下。同行者咋咋呼呼地嚷道：“阿叔！你这床被子图案弄错了！”麻姆弟呵呵一笑：“这个你就不懂了！以前的人哪有你们年轻人新式，夫妻俩睡一头？我们那个时候是规规矩矩分在两头睡觉的！百子图自然也要两个朝这边，两个朝那边喽。”

在乐清黄檀硐，老人们的柜子里都还藏着夹缬被。一位老奶奶的衣柜里竟然叠着3床，原来她的儿子儿媳搬往县城去住，乔迁时留下夹被不要了。前不久，女儿女婿也搬新房，夹被又在清扫之列。老人心疼，都拿来了。但拿来也只是放在柜子里，因为：“夹被硬硌硌的，谁还盖？”

家纺棉布耐用，靛青历百年不褪色，所以一袭夹缬被，足够夫妇俩用一辈子。二老过世后，夹缬被作为遗物分给下代。半旧的继续盖，破烂的撕成条做小孩子的尿片。经济困难时期，常有姑嫂妯娌为夹缬碎片分配不均，而在葬礼上呕嘴生气的。

雁荡山中的做靛人

千百年来，夹缬的制作在温州形成几大中心。作染料的土靛，以乐清黄檀硐的最为上乘。黄檀硐在雁荡山中，属乐清市城北乡。村落规模颇大，石径、石屋、石厩、石厕，全由青石筑成。先祖姓卢，以种植稻谷、番薯和蓝靛为生，其中蓝靛是主要经济来源。

蓝靛春天下种，冬季收获。村民们说：以前每到这个季节，黄檀硐人就要上足劲，开始忙活了。妇人孩子采摘叶子及嫩枝，男人们挑到村里头的地坑里。地坑3个为一套，上下两个为小坑，大坑居中，深1米，直径2米多。坑里放足水，每天至少搅拌3次。几天后，叶枝腐软发黑，捞至上小坑继续浸泡。大坑里的腐叶渣滓捞干净后，盛出，加石灰，拌匀，倒回坑；再盛出，再拌石灰，再倒回。反复十来次，就可以打靛花了。

搅浆和打花都是力气活，做靛的整个过程很辛苦，也费时间，但黄檀硐的村民们祖祖辈辈就是这么过来的，并以此为自豪。

第一次去黄檀硐，是在2001年的10月17日，我们一家一家串门，一院一院乱钻，直盯着靛青问。大爷大娘们渐渐地兴奋了，把一些“祖传秘方”都告诉了我们。有位70岁的老大爷说：几十年前，温州到处种蓝靛，做靛青，为什么乐清城北的特别好？因为打浆的时候，黄檀硐人会用舌尖试坑水的咸淡和滑涩！一边试，一边匀匀地加石灰，自然比外边的人有把握喽。老人是说用舌头把握靛青水的酸碱度，未加石灰时，靛汁呈淡甜味；边加石灰边尝，

▲ 制作靛青时，先将靛草浸入地坑里，沤制3天至7天，除去靛草残渣后，便进行打浆，用木耙不断捣动，直至黑水变蓝变紫，继而膨胀出厚厚的泡沫。（马建河摄）

▲ 这就是制作靛青的原料——蓝靛草。它的根可入药（板蓝根），叶和茎就用来制成靛青。（马建河摄）
▶ 在制靛青的打浆工序中，要添加石灰，一边用舌头试味，以把握靛青水的酸碱度。（马建河摄）

至涩口为佳。

成品靛青挑回家，储在大青缸里。一亩地的蓝靛叶能出五六缸靛青，一缸约100斤，地多的人家可做到几十缸。这些大青缸的直径、高度都超过1米，一字儿排在檐廊下，里边盛着的都是钱呐！

各地的染坊都来看货了。染坊师傅手持一尺板片，在大青缸前立定，挑一点靛青在那板片上一划，顿时分出深浅优劣，于是出口报价，黄檀硐人心服口服地收下定条。成色好的人家，经常几十缸靛青都被一家染坊定下。

“下定”后的日子，黄檀硐又开心又闲适，靛青做了，谷子收了，番薯入窖了，孩子们等着盼着过新年，妇人们匀出几升上好糯米，细细地研成粉，放在厨房里。等到天高气爽的好日子，男人要挑靛青上路时，夜还黑着，女人就起床，调粉，摊饼，给男人准备一路的干粮。送货那天，雇上挑夫，一

▲ 完全做好的靛青呈现独特的蓝色，正所谓"青出于蓝而胜于蓝"。（马建河摄）

队人挑着细竹箩筐，浩浩荡荡地直奔平阳县城昆阳镇的水埠头。

昆阳的靛青行街还在。原先这里是一条河，埠头挺深，2000石的梭船能轻松停靠。靛青行街一溜矮房子，住的都是穷船夫。河对面是三层楼街，有一家规模颇大的王源昌转运行，行主叫王楚臣。乐清人送货到这儿，“牙郎”（经纪人）收下靛青，然后雇上对面的几条小船，向平阳——包括苍南、文成、泰顺等地的染坊发货。

这一切都过去了。黄檀硐生产靛青的最后一个兴盛期是在20世纪50年代。如今蓝靛依然种植，靛青却不再生产了，只是将植株卖作药用，那就是板蓝根。村子里头废弃的地坑随处可见，更多的是平做田地，或堆积绿肥。大青缸也砸的砸，扔的扔，没剩下几只。黄檀硐人说：“夹被不做了，靛青也没人要了。”

黄檀硐半山腰的里章村，还有3户人家在做靛青。60岁的黄师傅去年做了25缸，卖给靠近杭州的桐乡人。福建人也常来买，都是客户主动上门。黄师傅不问客户住在哪里，做的什么布，我们问他为什么不主动一点？黄师傅说那很麻烦，几百年来靛青人都是坐在家里等着染坊上门的："乐清城北的靛是最有名气的！除非他们不用了，那我们也就不做了。"

夹缬的复兴者

温州的夹缬作坊历来只是代工，基本上是家庭制作，不参与市场经营。能雇上三四名师傅的，便已是很大的业主了。苍南能成为浙南夹缬的代言人，与该地区在历史上曾有过较大规模的染坊有关。更重要的是，1988年，47岁的苍南人薛勋郎，由于偶然的因缘，做了一个夹缬的复兴者。

薛勋郎当过兵、务过农、经过商，在朋友的介绍下，认识了在上海经营"中国蓝印花布馆"的日本老太太久保麻纱。他应邀带去一大堆各式各样的旧土布，久保随手一翻，居然翻出一块夹缬土布！顿时惊喜莫名。因为当时的学术界普遍认为这种古老的手工艺在中国已经失传。薛勋郎告诉她：这种土布在温州十分普通，虽然停止生产20来年了，不过要恢复并不是很难。久保当即资助了一笔启动资金。

农民出身的薛勋郎并不知道，他的这一个无意识的承诺，居然会在中外印染界掀起翻天波澜！并且从此将自己的名字和古老的夹缬连在一起。

薛勋郎回到苍南宜山，打听到当年最有名气的染坊当属湖广店戴氏家族的聚丰印染行。他找到戴家，想聘一位师傅。戴氏百多年印染传家，兴盛时期七房子孙皆独立经营染坊。如今虽已改行，祖宗的光辉却牢牢镌在心头，哪里愿意去一个"外行人"家里做替工？便一口回绝了。他不死心，后来戴氏六房传人戴志学向他推荐了陈康算。

▲ 夹缬的的雕板，刻工细致。（李玉祥摄）

夹缬的制作过程

一、土布的准备：将长100厘米、宽50厘米的布料浸水、晾干，等分折成40厘米长左右，做好记号，卷在竹棒上。

二、靛青的准备：将靛青染料分数次加入水缸，均匀搅拌，使靛青发酵，缸水温度以摄氏15至20度为宜，正常色呈黄。同时以石灰调节靛青水的酸碱度，沉淀6至8小时，待缸水呈碧绿色，即可浸染。

三、装土布于雕板：利用竹尺，对照棉布上的标志，将布依次铺排于17块雕板之间，然后拴紧雕板组框架，拧实螺帽。

四、入缸染色：利用杠杆吊雕板组入缸，浸染半小时左右，吊离染缸，于空中稍作停留；进行第二次浸染。然后将雕板组上下翻转，做第三第四次浸染。浸染过程中注意整理棉布褶皱处，以防发粘。

五、卸布洗晾：将布从雕板上取下，平铺在河水中漂洗，然后甩于高竹架上晾干。

▲ 薛勋郎由于偶然的因缘，成为夹缬的复兴者。(萧云集摄)

陈康算1923年出生于龙港镇，年轻时在金乡王姓染坊里当学徒，出师后来到湖广店，在戴氏五房戴乃玉家做师傅，与六房的少东家戴志学成为莫逆之交。1950年代以后，戴家生意逐渐衰落，陈康算告辞回家，以织卖土布为生。薛勋郎找上门时，陈康算66岁，搁下夹缬手艺已30多年。听说年轻时的手艺还能派上用场，陈康算顿时来了兴趣，答应试试看。

薛勋郎带着的这批夹缬作品来到上海后，久保麻纱布置了一个专间展出，因此又惊动了对中国传统工艺美术颇有研究的东南大学刘道广教授。刘先生联系了台湾《汉声》杂志社，于1997年10月份来到苍南宜山。

此时，由于销路有限，薛勋郎的夹缬作坊正准备停产。《汉声》杂志社、蓝印花布馆各自认购500条，这千条夹缬，使薛的作坊又延续了1年。此后《汉声》三下江南，在薛的作坊里手记机摄，于1997年底出版《夹缬》单行本，在台湾、日本同时发行。日本也有夹缬工艺，但称作“京红板缔袄”，一种白底红图案的高档织品。由于中国久无夹缬消息，日本工艺界并不认为“京红板缔袄”与中国古老的夹缬技艺有承传关系。《夹缬》无论在资料、述说、论述等方面，都做得无懈可击。日本工艺界震撼非常，急忙派了人跟到温州的苍南、宜山，跑了薛家，又跑戴家。

但薛家的作坊终究还是停产了。薛勋郎十分无奈，他只是一个普通的老百姓，偶然与夹缬结缘。他不了解古老的夹缬辉煌的历史，也不是雄心宏愿要做一番传承千年工艺的伟大事业，他只是指望靠自已的一门手艺养家糊口。夹缬作坊惨淡经营十几年，专家惊叹、媒体称道，使他受宠若惊，又使他困惑：真的这么好？这么重要？可他的作坊依然没有生意！他只能另谋活路。

最后的被板艺人

制作夹缬少不了靛青、雕板和土布。土布各家自织，染坊各地均有，靛青以地区取胜，而雕板（亦称被板）就集中于一两家了。我们所掌握的，唯有瑞安苏姓艺人。

在瑞安高楼，苏氏族人在东村已生活了200多年。到苏祖峰这一代时，因家境困难，苏的三哥入赘到邻村施姓人家。施家世代从事雕板制作，苏家三哥在施家学得了手艺，几年后，自忖能养家活口，就带着妻子儿女回到东村，并将手艺传于六弟苏祖峰。

苏祖峰是个十分聪明的人，不出几年，手艺就高施家一筹了。他有三个儿子，都会手艺，以老大苏尚贴最佳。苏家被板在苏尚贴手里达到顶峰。60年代后期至70年代，高楼生活十分贫困，村民一年难得到手几个现钱，但苏家的被板作坊里，当家人苏尚贴率领子、媳、女儿、女婿及5个徒弟，齐崭崭十几个人手，按月发工资，每人36元的标准！

苏家后人告诉我们，一副被板17块，耗时约30工，时价约100元，用1年左右就需修补。然后就是整副重做。被板是用上好棠梨木制成，使用寿命短的原因，与夹缬制作的特点有关——17块被板将1匹土布来回夹紧、箍实、敲严，受力很大。此外，60年代后，温州印染行业流行用硫化染料代替靛青！硫化染料腐蚀性强，被板烂得很快。

苏仕光比他的老子能干：父子俩画图都是一笔勾就，不需打稿，但苏尚贴的作品很像前辈的范图，不敢有怎么突破；而苏仕光经常会有神来之笔。但苏仕光雕刻被板时还是谨慎的，轻易不作改动。因为靛青染料是通过被板上的“明渠暗沟”渗透到土布，稍有移缺，必将导致夹缬图案错位。

1989年，薛勋郎慕名上门，订购4套被板。当时苏尚贴尚在世，带领寡媳、孙辈，做了此生最后一批雕花被板。1996年苏尚贴去世，终年78岁。

2002年3月10日，我们去苏家采访时，苏仕光的儿子苏立洲找出爷爷遗留的几份“粉本”（被板图样），告诉我们雕刻被板的几个程序：找来上好的棠梨木，请木匠锯好刨平，放在水塘里浸泡一周；取电池中的锌墨均匀涂于被板

▲ 夹缬的图案线条洗练而又富有拙朴之美。(萧云集摄)

▲ 瑞安苏家传下来的粉本。这是做新雕板时的底稿，雕好新版后，又要拓印图样，留作下次雕板的粉本。（李玉祥摄）

表面；贴上备用的粉本；然后用28种各式各样的雕刀直接在粉本上挖下去。先挖4框框，慢慢往里靠。力度把握上分三次，第一次用斜刀，皮毛搞一下；第二三次用正刀，深挖。刀法上讲究从左到右。刻毕，用一个很像钻头的工具探一下“水路”，即被板上的明渠暗沟，然后取一张白纸，拓回图样，留作下次的粉本。

苏家三兄弟的日子过得很困窘。苏立洲带我们去看父辈生活过的旧宅，同院的大婶喊住他，说是清明扫墓的“纸钱”香烛都已帮他备好，不必去买了。苏立洲低着头，一声不吭地离去了。

图书在版编目（CIP）数据

凝固历史／温普林等撰文、摄影；一石文化主编．—桂林：广西师范大学出版社，2004.5

（人文地理）

ISBN 7-5633-4506-X

I．凝…　II．①温…②一…　III．民间文化—中国　IV．G122

中国版本图书馆CIP数据核字（2004）第019721号

广西师范大学出版社出版发行

（桂林市育才路15号　邮政编码：541004
网址：www.bbtpress.com）

出版人：萧启明

全国新华书店经销

发行热线：010-64284815

北京方嘉彩色印刷有限责任公司

（北京西直门外交大东路31号电子楼9层　邮政编码：100044）

开本：889mm×1194mm　1/32

印张：6.75　字数：142千字

2004年5月第1版　2004年5月第1次印刷

定价：35.00元